À *mes trois filles,*

Anne Soleilhac

Lucile et Spartacus

J'ai tendu des cordes de clocher à clocher ;
Des guirlandes de fenêtre à fenêtre ;
Des chaînes d'or d'étoile à étoile,
Et je danse,

Arthur Rimbaud. Les Illuminations.

La Fin de l'été

-    Chaud, il va faire chaud aujourd'hui, c'est sûr Françoise !

5h45.
Pieds nus sur le parquet et sourire accroché aux lèvres.
5h45.
L'heure que je préfère.
5h45.
Celle où mes yeux s'ouvrent.

-    Bonjour Françoise !

Julia Seural se réveille. Il est 5h45. Françoise la regarde.

Ses pieds nus touchent le parquet et l'épousent en douceur. Sa main droite endormie frôle alors sa tête de l'avant à l'arrière puis attrape un élastique perdu pour attacher ses cheveux en un chignon trop ébouriffé. C'est ainsi chaque matin. Chaque matin, Julia Seural aime toujours autant sentir la lumière du jour qui s'infiltre délicatement, et entre, d'abord par le coin gauche de sa chambre, touche doucement Françoise, puis parcourt ensuite sa couette toute entière, pour finir par inonder sa chambre. Julia Seural aime la sensation douce du parquet frais sous ses pieds endormis.

Pas de volet chez elle.

-    Bonjour Françoise ! réitère-t-elle hardiment en souriant.

Julia Seural a 33 ans et elle habite ici depuis trois ans. Elle a pour habitude volontaire de se lever tôt et de haïr les volets. Françoise la regarde ainsi chaque matin sans répondre. Nous sommes en septembre, le premier matin du mois. Il est 5h45.

Elle décida d'ouvrir la fenêtre en grand ce matin-là. Comme ça. Pour voir. Françoise ne bougea pas.

Julia Seural frissonna de plaisir en sentant le froid s'engouffrer dans ses reins trop endormis. Ce matin frais ferait place à une belle journée se dit-elle. Elle éventra alors son lit en bataille pour que lui aussi puisse respirer cette froideur matinale. Elle envoya par la suite un rapide clin d'œil à Françoise avant de déserter sa chambre. Très bien.

Il faudrait dire maintenant que Françoise, en fait, c'est une photo. Une photo noire et blanc. Et les photographies ne parlent pas. La photographie est calée sur une étagère à hauteur de son lit. Une photographie. De Françoise. Photo ni belle ni laide mais exceptionnelle. Car adossée au comptoir, de dos, seule dans le cadre, Françoise Sagan en semi-profil. Sa coiffure hors du temps, ses yeux braqués dans la chambre et dans sa main droite une cigarette prête à être brulée, mais pourtant encore intacte. L'autre main, la gauche, plus sereine, plus calme, posée sur le zinc. Cette autre main ne cherche rien, mais nous trouvons sans conteste et depuis toujours aussi, que c'est bien elle qui donne toute l'allure.

Cette photo donne envie. Je ne sais pas de quoi, mais me donne envie. J'y tiens beaucoup car je l'ai depuis que je me souviens me souvenir. Ma grand-mère l'avait conservée précieusement, je le sais. Quand j'ai emménagé ici, j'ai posé cette photo sur ma table de nuit. Puis, en cherchant un peu dans le grenier et les combles de la maison, pour voir, j'ai retrouvé un livre, un livre qui allait parfaitement bien avec la photo me suis-je dit. Ce livre a rejoint la photo de Françoise ce jour-là sur ma table de nuit. Il s'est engouffré dans ma chambre et tous deux y sont restés depuis. Le livre et la photo.

À la tête de son lit, une sorte d'étagère noir ébène est plaquée au mur, dessus, il y a une photographie et un livre. Ce livre est une édition très ancienne, jaunie, vieillie, cornée, parfois même annotée sur certaines de ses pages, et *achevée d'imprimer en France sur vélin sans bois des papeteries Condat le 5 août 1965 par l'imprimerie de Nanteuil pour René Julliard éditeur à Paris.* C'est ceci ce qui est écrit sur la dernière page avec le montant de l'époque aussi : 14F58+TL ou 15,00F T.L.I. Sur la première page, il est inscrit, à l'encre noire et bien centré *La Chamade*, puis dessous dans le quart inférieur : Roman, Françoise Sagan. Et les livres ne parlent pas non plus.

Julia Seural descendit les escaliers à la hâte, il fallait qu'elle se presse.

Il est maintenant 5h53 quand elle descend.

Sa grand-mère quant à elle n'habite plus la maison depuis bien longtemps, elle est décédée voilà quelques années d'une mort normale, rapide, et sans douleur, une mort de vieillesse. Julia Seural aimait énormément sa grand-mère. Elle l'aime toujours d'ailleurs. Julia Seural a racheté sa maison depuis peu. Trois années exactement.

Julia Seural n'a pas d'enfants mais elle a une amie.

Camille Kellogs.

Son amie est professeur. Camille Kellogs et elle sont inséparables. Le genre de personnalités féminines qui se voient plus que souvent et parfois même aussi avant de partir travailler. Comme ce matin-là, le premier lundi scolaire de l'année, jour de rentrée pour toutes deux, il est maintenant 7h02.

Camille Kellogs est professeur, elle enseigne dans une école primaire, Julia Seural est fleuriste, elle sème dans une serre. L'endroit est un village français, au pied d'une montagne trop petite que l'on appelle vulgairement un mont depuis toujours, mais tout le monde s'en moque, nous aussi d'ailleurs, passons.

Je regarde mon téléphone. Je file me débarbouiller et enfile rapidement un jeans et un tee-shirt usé car trop bien taillé. Je réajuste mon chignon en moins de temps qu'il n'en faut. Parfaite pour le brunch matinal idéal de rentrée. J'occupe le temps qu'il me reste à dresser notre table, je regarde l'heure à nouveau, il est presque 7h30. Je pense qu'aujourd'hui, elle sera en avance, car elle est aussi impatiente que moi de la retrouver elle.

À l'heure dite, Camille Kellogs arrive enfin, pomponnée comme une reine, même un peu trop d'ailleurs pour une école de campagne. Elle est radieuse et Julia Seural, à côté, a l'air de rentrer de boîte de nuit. Pourtant Julia Seural est jolie. Camille Kellogs est ici car elle vient assoir sa victoire et encaisser son dû. Laissons-les converser, nous donnerons les explications au moment opportun, là, il est bien trop tôt, 7h25 exactement, elle arrive.

Sans parler, Camille se recule, regarde Julia et lui dit :

-    Vaillant. Oui Vaillant, Vaillant, Vaaaaaillant !

Camille Kellogs sautille sur place et continue.

- J'ai gagné car c'était aujourd'hui à 7h30 le dernier jour.

- Non... Es-tu bien sûre ?

- Oui ! On avait dit aujourd'hui à 7h30 et tu le sais très bien. Et le dernier... c'était par texto... c'était Onfray, et c'était toi qui l'avais... Et c'était le 15. Regarde !

Camille Kellogs sort son iPhone, Julia Seural relit son propre message. Bonjour quand même ! rétorque Julia Seural très vexée semble-t-il, ne fais pas la tête lui répond son amie, on clôture aujourd'hui comme prévu. Je gagne, c'est tout. Va donc chercher le cahier rouge, en plus deux-cent-cinquante c'est très bien, c'est un chiffre rond ! Et Camille Kellogs recommence à sautiller en faisant le tour de la table maintenant. Alors, Julia Seural est partie chercher le cahier. À nos montres, à cet instant-là, il était très exactement sept heures trente. Très bien.

L'histoire est la suivante et le moment est maintenant opportun.

Début août. La chanson de Bénabar « *Maritie et Gilbert Carpentier* » en fond à la fin d'une discussion animée, Bénabar lance « *à cette époque, ils s'appelaient tous Michel...* » ou quelque chose comme ça, nous nous excusons du manque de précision auprès de son auteur. Elles se sont regardées. Julia Seural a dit Boujenah, Camille Kellogs Leeb, Julia a relancé un fragile Platini, Camille a affirmé en criant son Drucker. S'en est suivi une joute verbale de Michel bien trop exponentielle et donc la remise à une date précise fiable mais plus ultérieure de fin de duel. Le jour de la rentrée à sept heures trente exactement. Aujourd'hui donc.

Voilà. J'ai perdu. Je croyais qu'elle n'en avait plus. Car franchement, sur Wikipédia il n'y en avait plus avec un pedigree suffisant comme le stipulait notre règle. Onfray je l'avais gardé. Le meilleur pour la fin. Pour ne pas se tromper elle a tenu à consigner nos Michel dans un petit cahier Clairefontaine rouge à spirales. J'ai approuvé car je savais que j'allais gagner si ma stratégie avec Onfray fonctionnait. Elle fonctionnait. Seulement voilà, sa stratégie à elle était meilleure, son poulain à elle, à aucun moment je ne l'avais. Et à priori, j'ai perdu, enfin, pas à priori, j'ai perdu tout court. Michel Vaillant. Ce n'est même pas la peine que je cherche dans le cahier, Michel Vaillant c'est certain, on ne l'avait pas. Je le sais. Ma carte à moi, c'était Onfray, je l'ai couchée trop tôt. C'est tout. J'ai perdu. Le cahier je l'ai regardé hier, j'ai même entouré mon Onfray en rouge, histoire de la moucher ce matin. Coiffée au poteau, je suis coiffée au poteau, si elle voit le rond rouge autour de Onfray sur le cahier témoin, elle va refaire une danse d'indien autour de ma table et se briser une cheville avec ses talons trop neufs.

-   Fais voir !

-   Non.

Elle m'arrache le cahier, et c'est reparti pour la danse de Lili la tigresse sans Peter Pan mais toujours autour de ma table.

Julia Seural jette alors le cahier sur la table et part en direction de la machine à café. Très bien. Camille Kellogs s'assoit enfin. Nous attendons la suite de ces badinages avec beaucoup de patience. À quelle sauce vais-je te manger ? demande Camille Kellogs, et c'était quoi l'enjeu déjà ? Rappelle-moi donc ? Julia Seural marmonne. L'enjeu, elle le connaît très bien. Car si Camille Kellogs est si heureuse d'avoir gagné, ce n'est certainement pas pour rien. Le rappel à l'ordre arrive enfin et à brûle-pourpoint.

-   Celle qui perd doit se plier à inviter à dîner le premier qui passe.

Julia Seural esquisse un sourire car elle connaît très bien la suite de la tirade.

-   Le premier Michel bien sûr !

Camille partie je suis restée vexée et je me suis offert le luxe de regarder par la fenêtre un certain temps. C'était une bien belle journée qui s'annonçait, peut-être trop chaude pour mes fleurs et périlleuse pour mon amour propre mais une bien belle journée quand même, et puis les nouveaux Michel ne seront pas légion ici, ou si le sort s'acharne vraiment, et qu'une armée de nouveaux Michel s'installe par hasard dans la nuit, il me suffira simplement d'user d'habileté pour les éviter. Ça va.

Je jette le cahier Clairefontaine à la poubelle et pars ausculter ma serre. Ça va aussi.

J'ai alors l'envie saugrenue de refuser de travailler et de partir marcher sur mon sentier préféré, comme ça, pour voir, et pour digérer ma défaite aussi peut-être.

Julia Seural peut partir car elle ne revend pas aux particuliers. Pas de magasin donc pas d'heures d'ouverture. Elle n'en a pas envie pour l'instant. C'est bien trop tôt. Nous ferions de même à sa place. C'est Jocelyn Ambrossini qui vient tous les jours chercher les cygnes blancs de Julia Seural et les emmène vers d'autres horizons moins froids, mais plus bruyants.

Jocelyn Ambrossini arrive vers six heures trente chaque matin et repart toujours quinze minutes après. Il est venu ce matin. Nous n'en avons pas parlé, ce garçon est d'un chiant sidéral. Et Jocelyn Ambrossini n'est pas fleuriste. Jocelyn Ambrossini est transporteur de cygnes blancs, car, pour Julia Seural, les fleurs sont des canards : les pieds dans l'eau, la tête au soleil, et quand elles sont prêtes, elles deviennent des cygnes blancs, elles partent alors sur d'autres berges pour baigner dans d'autres eaux loin, bien loin des siennes. Julia Seural reste donc très autodidacte en matière de canards.

Il nous semblait nécessaire d'annoter cette précision avant de la laisser filer. Tiens, elle est enfin partie. Très bien.

Cette ascension je l'ai déjà faite mille fois, mais chaque fois c'est un délice. Pour deux raisons, la première c'est ma tête, mes pensées plutôt, qui ne sont jamais les mêmes, ce sont elles qui vont me guider, la seconde c'est la saison ou l'instant qui me font découvrir à chaque fois de nouveaux trésors cachés.

La route et le chemin enfin dépassés, Julia Seural décida de filer à travers champs. Elle sauta le barbelé ce jour-là. Nous l'apercevons maintenant de loin, elle est bien hors sentier. On ne sait plus quelle heure il est, Julia Seural a pour habitude de haïr les montres autant que les défaites, les volets et les gens pressés. De loin, elle se prend pour un déserteur de sa serre sans guerre, mais un déserteur quand même. Elle a quinze ans. Elle respire. Elle est bien. Il semblerait qu'elle s'apprête ainsi et trop sommairement vêtue dans un endroit si frisquet, à grimper sa montagne.

La forêt est enfin devant moi, identique à celle de mes ancêtres. Il fait très froid et la rosée n'épargne pas mes mollets. Un vrai frisson d'eau glacée. Je tremble à l'idée de fouler quelques pas que d'autres femmes ont peut-être foulés avant moi, mais pour d'autres raisons beaucoup plus nobles et difficiles qu'un frisson mouillé d'eau glacée. Silence dans la forêt elle doit vouloir se souvenir avec moi du passé de mes terres. J'avance.

Je suis de plus en plus trempée. A chaque passage quelques gouttes de sapins tombent sur mes cheveux ou mes épaules. Ça y est, je me réveille vraiment. C'est cette sensation exacte et merveilleuse que je suis venue chercher ici ce matin. Je la trouve enfin en ressortant du bois. Le sommet n'est maintenant vraiment plus très loin. Le goût de l'effort, l'obligation de se soumettre aux règles qui m'entourent, enveloppe mes pensées et l'espace. La forêt le matin c'est froid et humide. L'herbe devient rase, des rochers sortent du sol, j'avance encore. Au sommet, les nouvelles pousses des genévriers du mois d'août m'attendaient, je m'assois, essoufflée, dégaine mon sac. Je n'ai absolument pas le temps mais je le prendrai.

Julia Seural regagna le champ et son barbelé initial vers seize heures, car hormis la position déclinante du soleil l'obligeant à redescendre, rien ne l'assure vraiment. Elle avait passé une journée merveilleuse, à flâner sur le toit du mont. Sur le chemin de terre, la tête encore au sommet, ses petits canards revinrent progressivement rythmer le fil de ses pensées. Elle entendit alors un bruit sourd de moteur derrière elle ; elle se retourna et, à sa hauteur, une berline décapotable non décapotée grise métallisée abaissa sa vitre. La vitre teintée se déroba alors très progressivement, pour laisser apparaître, des cheveux plutôt gris, d'un homme plutôt vieux.

- Bonjour.

- Bonjour.

- Pardonnez-moi de vous déranger, demanda l'homme, je cherche Julia Seural ou plutôt la propriété attenante à la maison de Madame Julia Seural ?

- …

- Vous n'êtes pas française ?

- …

- En vacances ?

- …

- I'm looking for Madame Seural, do you know ….

- Ben non.

- Pardon?

- Ben non. Je ne suis ni en vacances, ni anglaise.

- Ah

- Oui. Ah.

- Euh oui, répondit-il de guingois, oui…d'accord… si vous voulez.

L'homme passa la main dans ses cheveux puis se redressa. Il se demanda si Julia Seural était simplement une allumée en short ou s'il continuait de lui faire confiance en s'essayant avec une autre question. Et puis, selon nous, il semble très pressé. Finalement, il décide de continuer mais avec plus de prudence ou de politesse, à la fois, se dit-il, les deux sont souvent très liés. Il repasse donc sa main dans ses cheveux.

- Je me présente Monsieur Veillon, Michel Veillon.

- Comment ?

- Michel Veil…

- Michel ?

- Oui, Michel Veillon.

- Michel Veillon !

- Oui ! Michel Veillon !

Julia respira profondément avant de d'apprêter à parler, mais rien ne sortit. C'est alors lui qui se mit à parler sans crier gare et avec une voix autoritaire à la limite de l'impatience laissant choir derrière lui toute forme de politesse de manière obtuse et définitive.

- Pardonnez-moi, on se connaît !

L'homme remonta alors sa vitre en un clic gauche puis démarra en trombe. Julia Seural n'eut donc pas le temps de lui proposer ledit dîner audit champagne. Très bien.

Ce moment fort désagréable passé, elle se décida à rentrer.

Arrivée à l'embranchement du chemin et de la route, elle se surprit à marcher sur la pointe des pieds sur cinq voire dix mètres, comme si le sol s'était transformé en parquet et qu'il risquait de grincer à tout moment. Derrière le talus, elle faisait maintenant la statue. Le cœur battant, selon nous, à une cadence proche des trois-cent-cinquante kilomètres à l'heure. Nous la voyons oser un œil, puis deux. Rien devant sa maison. Pas de BMW en double file avec les warnings et un Michel trop agacé qui tourne autour pour assurer la survie vitale d'un rendez-vous avec elle, noté uniquement sur son agenda à lui, pour visiter sa propriété attenante.

La « propriété » dite « attenante » n'est autre qu'un champ plein d'herbe. Il est important de le notifier ici. Ce champ jouxte sa maison. Il faut décrocher la barrière à l'avant de la cour en forçant beaucoup pour soulever le loquet afin d'y pénétrer. C'est ensuite qu'on y entre. La barrière lâche mollement mais toujours après plusieurs essais. Du premier coup, Julia Seural n'y arrive jamais. La barrière de mon champ et les ouvertures faciles du gruyère même combat sporadique, impossible du premier coup pense-t-elle à chaque fois. Elle la soulève ensuite de quelques centimètres et ceci sur un mètre pour qu'elle la laisse passer. Elle fait ce geste tous les jours. Elle est si lourde mais si solide cette barrière. J'ai vu ma grand-mère faire ce geste mille fois, moi, je ne le faisais pas, jamais : « *Non, laisse-moi faire, tu es trop petite, pas assez forte, à quoi je sers moi aujourd'hui, si je n'ouvre pas la barrière à ma petite fille, allez zou, file, va jouer* ». Elle ouvrait c'était la règle, je passais en premier, c'était la suite de la règle. Elle reprenait son souffle, c'était vital. Puis ma grand-mère allait doucement s'assoir sur une petite pierre polie rectangulaire sous le grand chêne. Elle disait que c'était son banc et c'est vrai que cette pierre avait la forme d'un banc. Mon grand-père l'avait installée ici bien avant ma naissance. Je l'ai toujours connue là. J'ai toujours vu ma grand-mère y prendre place. Être dans ce champ avec elle face à la maison, c'était toujours une fête, elle avait son crochet, j'avais mes ennemis à combattre, mon prince à embrasser et les ruches à éviter. Pendant les grandes vacances, d'autres enfants étaient très souvent là, les châteaux se multipliaient et les histoires sans fin s'imbriquaient. Elles étaient alors trois au crochet. Nous, nous étions quatre. Deux princesses et deux chevaliers, vaillants collectionneurs de sauterelles vertes dans des pots de confiture vides. Tous troués les pots avec une fourchette tordue. Fourchette perdue d'ailleurs sous le chêne, et jamais retrouvée. Détail mystérieux persistant encore aujourd'hui pour les trentenaires que nous sommes devenus.

Ouvrir cette barrière, c'est le premier geste que j'ai fait seule en revenant du cimetière. Le premier geste que je pensais si simple et qui m'a paru insurmontable sans elle. J'ai compris ce jour-là, qu'ouvrir cette barrière, c'était surtout une manière bien à elle, de me prendre dans ses bras. Le chêne est toujours là. La pierre aussi, mais vide. Mon endroit à moi, est un peu à l'écart, à gauche en partant du fond. L'herbe y est grasse et fournie, il y a des violettes au printemps, un muret en pierre qui abrite les mêmes lézards et leur descendance depuis un demi-siècle. Il survit au poids des années et surtout de la neige en hiver grâce à un arbre centenaire dont je ne connais pas l'espèce, mais auquel il a su habilement s'accrocher dès sa naissance. Il y a aussi des myrtilles, plus loin en sautant le muret, là où le bois débute. À l'orée du bois dirait Camille. Mais je n'aime pas ce mot. Je ne sais pas pourquoi, je ne l'aime pas, c'est tout. Alors au début du bois c'est mieux. Et les myrtilles sont au début du bois.

Aujourd'hui presque trente ans après, c'est bien sûr toujours un champ qui jouxte ma maison, la seule différence pour lui c'est que, depuis trois ans, il est à moi et, comment dire, il vit sa vie de champ assez différemment d'avant. Le crochet s'est taillé. Les châteaux aussi. Et les sauterelles ne font plus l'unanimité. C'est devenu un champ à nappes à carreaux au printemps, un champ des copines en fin d'après-midi, un champ-tentes Décathlon en été, un champ silencieux en hiver, un champ-miel quand les ruches sont pleines, un champ des caresses quand je suis amoureuse et, pour les instants parfaits mais donc plutôt rares, un champ-observatoire d'étoiles, certains diraient même de la Lune.

C'est un peu tout ça, le champ de Julia Seural, il fait partie de sa maison, nous venons de le comprendre aisément, l'un et l'autre sont indissociables diraient les experts en champs. Mais revenons chez elle, car elle semble maintenant bien rentrée, douchée et prête à accueillir Camille Kellogs. Entrons.

Camille, n'est toujours pas passée, c'est bizarre. Je regarde ma montre. Oui, il est tard et elle n'est pas passée. Elle aurait dû passer. Il y a deux heures au moins, une heure maximum.

Julia Seural attrape son portable pour composer le numéro de son amie quand elle entend un bruit dans la cour. La voilà enfin ! se dit-elle. Elles vont pouvoir tranquillement dîner et échanger leurs journées. La sienne je l'aime déjà, ses journées de rentrée sont toujours rigolotes.

- Vas-y entre, j'arrive !

Sans me retourner, je descends quatre à quatre les marches de la cave et remonte avec une bouteille de rosé pamplemousse bien chimique. On adore. Sauf que, bien sûr, j'ai oublié de la mettre au frigo. Mince. Je redescends et entends la porte s'ouvrir. On va partir sur un Saumur Champigny, moins fun, plus classique, moins chimique, enfin, surtout une valeur certaine.

- Vas-y, vas-y installe toi, je viens de faire une erreur de casting mais j'arrive.

- Je peux entrer êtes-vous sûre ?

Voix d'homme.

C'est qui ? Au sommet de l'escalier, encore cachée, j'hésite à apparaître avec mon rosé main droite et mon Champigny main gauche. Mais, à bien y réfléchir, je n'ai vraisemblablement plus le temps de redescendre. D'autant qu'il y a réitération immédiate de la question initiale et confirmation de la voix d'homme. Ce n'est pas Camille. Ou alors si c'est elle, elle est en retard parce qu'elle a tranquillement mué entre seize heures trente et dix-neuf heures trente avant de venir me raconter sa journée. Je rigole toute seule à ma blague spontanée en franchissant allègrement la dernière marche pour me trouver nez à nez avec lui, un pied dedans, un pied dehors et porte d'entrée ouverte. Désavantage évident de la campagne, on ne sonne jamais, on rentre et on demande après. Oui. Pourtant ce truc-là, je le savais.

Je ne peux m'empêcher d'avoir l'impression d'être dans un vieux film de Lelouch. Il est caché derrière moi et je l'entends : « *La voiture métallisée et la randonneuse, première, tournez ! Il y a la fille qui rentre de balade et sort de la douche depuis quinze minutes avec les cheveux mouillés, jeans bleu, polo rose, bien roulée et charmante. Il y a le mec de cinquante ans en costard, décalé mais élégant, avec son oreillette, sa cravate et les yeux en colère d'avoir poireauté trois heures en buvant des menthes à l'eau au comptoir pour ça : la même fille que tout à l'heure, sauf que là, je te le donne en mille, elle remonte deux bouteilles de pif et ouvre la bouche comme si elle venait de tirer trois paquets de Haribo crocodile au mec en costard élégant, et surtout, qu'elle ne pensait plus se faire prendre. Coupez !* ». Mais Claude n'est pas là, je m'en serais doutée.

Julia Seural se dit alors qu'il faut que ce Michel déguerpisse vite car Camille va arriver et la sentence sera terrible. Pari non suffisamment honoré, risque de gage double dose, Lelouch déjà, et pourquoi pas Kikoïne maintenant ! Non ! Lelouch, oui, mais Kikoïne non ! c'est hors de question ! Camille ne doit pas savoir qu'il s'appelle Michel et que je l'ai déjà vu tout à l'heure sans rien lui dire du tout, ni lui proposer quoi que ce soit.

- Eh bien…. Je ne me présente pas, je crois que vous vous souvenez de mon nom, non ?

- Oui.

- Puis-je toujours entrer ? dit-il en entrant.

- Oui, oui, allez-y, entrez. Pardonnez-moi pour tout à l'heure, je n'étais pas très disponible, vous comprenez…

- Non. A vrai dire, je ne comprends pas. Mais tant pis, tout à l'heure c'était tout à l'heure, l'essentiel étant que je vous aie trouvée, non ? Pouvez-vous me confirmer votre nom, Julia Seural, c'est bien ça, je ne me trompe pas ?

Michel Veillon était en colère. Michel Veillon se contenait. Julia Seural regarda alors sa montre. Michel Veillon le vit.

-   Je vous dérange peut-être ?

-   Oui, enfin, non, quelqu'un va peut-ê...

Et l'accident arriva. Julia Seural n'eut pas le temps de prévenir Lelouch, ou Kikoïne d'ailleurs, n'eut pas non plus le temps de finir sa phrase que nous ne connaîtrons donc jamais. On aperçoit déjà la silhouette à contre-jour dans l'encadrement vitré de sa porte d'entrée, le teint rosé et le sourire aux lèvres, c'est bien Camille Kellogs qui entre. Derrière elle, Kikoïne la suit de près. Tu ne me présentes pas ? questionna Camille, Eh bien s'empressa Julia, ce n'est peut-être pas nécessaire, conclut-elle en attrapant le bras de Michel brusquement. Nous allons refixer un rendez-vous si vous le voulez bien, ou je vous donne mon numéro. Oui. Ça c'est très bien. Je vous donne mon numéro et nous pourrions peut-être reparler de tout ça plus tranquillement au téléphone dès demain, de plus vous avez l'air exténué par l'après midi, sans doute, que vous venez de passer...

Pendant quelques secondes, Michel Veillon la suivit. Julia Seural bouscula même Kikoïne au passage qui ne moufta pas, nous en fûmes surpris. Mais soudain il stoppa net. Michel. Il la regarda fixement. Julia pas Camille. Julia s'en inquiéta. Nous aussi. Puis il observa Camille, attendit quelques secondes, regarda Julia à nouveau, se retourna vers Camille et commença très clairement et avec une sérénité déconcertante à se présenter. Très bien.

Non ! Ce type est né pour me faire c... ou quoi ! J'ai l'impression qu'il a lu dans mes yeux qu'il fallait qu'il quitte ma cuisine courtoisement et comme il est en colère, rancunier ou je ne sais quoi d'autre en fait, eh bien, il va rester. Oui, ça y est, il vient de libérer son bras du mien, je suis certaine qu'il va rester. Nous, nous savons très bien, qu'il restera en effet.

- Bonjour mademoiselle, je me présente Michel Veillon, directeur général du groupement IDR.

Camille le coupe.

- Comment ? dit-elle en lâchant son cartable sur la tomette de la cuisine.

- Comment ça « comment » ?

- Comment vous appelez-vous ? Je pense avoir mal entendu.

Michel Veillon se dit alors qu'il est tombé sur des dingues ou alors sur un couple de lesbiennes sourdes mais pas muettes. Il se dit aussi que sourdes mais pas muettes ça ne peut pas marcher. Alors, il se dit que celle qui s'appelle Julia doit juste être née pour le faire c... et que, jusque-là, il avait eu énormément de chance de ne jamais la croiser elle. Il ne peut pas s'énerver, c'est trop commun et ça va leur donner de l'importance aux deux sourdes. Et surtout, oui surtout, il doit entrer en négociation avec celle qui semble la plus coriace, la numéro un, celle qui habite ici, celle qui le dérange. Michel Veillon répondit donc comme suit en n'ayant plus qu'une idée en tête : sa négociation.

- Une autre personne doit-elle arriver ?

Julia Seural et Camille Kellogs répondirent en chœur un grand « non » affirmatif ce qui soulagea énormément Michel Veillon malgré tout. Très bien.

- Parfait, cela m'aurait ennuyé de faire l'exposé plusieurs fois dans la soirée. Pardonnez l'absence de diaporama avec les photos d'enfance mais ce matin, je n'avais, somme toute, pas prévu de jouer cette scène de présentation personnelle. Alors voilà, je m'appelle Michel Veillon, j'ai 48 ans, j'habite à Lyon. J'ai une fille de 23 ans. Je vis avec ma nouvelle épouse dans le 4ème arrondissement, un appartement haussmannien. Enfin là, on s'en moque vous avez raison. Et je n'ai pas de chien car je suis allergique aux poils mais pourtant je pense aimer les chiens. Oui, je pense. Voilà. D'autres questions peut-être ? Ah oui, pour preuve de ma fameuse identité, celle qui vous a fait tant sourciller cette après-midi mademoiselle...

Il se retourne vers Julia et continue sûr de lui :

-   Voici mon passeport en règle, et observez en lettres grasses majuscules Veillon, Michel Veillon !

Je me dis que son sketch, drôle c'est vrai, mais son sketch quand même, vient de signer ma seconde défaite. Pauvre Julia pensons-nous. Je vois maintenant clairement mon Lelouch reprendre sa veste et Monsieur Kikoïne réajuster sa cravate. Je salue de la main Lelouch qui s'en va prendre l'air dans la cour, Kikoïne, lui, vient de couper la coiffe d'un cigare et inspecte maintenant minutieusement mon canapé face à la cheminée. Je suis en mauvaise posture. Le double gage me guette de trop près.

Camille sourit. Elle ne peut pas éclater de rire, mais elle sourit. Plus le discours de ce Michel Veillon se précise et plus elle est obligée de lever régulièrement les yeux au ciel pour convaincre son visage tout entier de tenir jusqu'au bout en souriant uniquement. Oui, jusqu'au bout et sans éclater de rire. À la fin de la tirade, nous avons l'impression qu'elle fait un effort surhumain pour retenir son corps d'exploser de rire en entier. À tout moment elle peut lâcher prise, elle le sait. En alternant trois techniques personnelles trouvées sur l'instant et dont elle paraît très fière, à savoir : inspirer à fond, lever les yeux au ciel périodiquement et garder les mains jointes en dodelinant de gauche à droite ; grâce à ces trois techniques donc ; Camille Kellogs arrive à tenir son sourire jusqu'au silence qui suit le point final de Michel Veillon. Elle ose même vérifier son nom sur le passeport en regardant par-dessus l'épaule de notre Julia. Elle est épatée, elle s'épate et ce passage était épatant, minuscule, mais à vivre une fois se dit-elle.

Il n'y a rien de plus beau et douloureux qu'un fou rire retenu, Camille Kellogs à ce moment-là, arriva au paroxysme de son art en hoquetant tout de même quelques rires étouffés maladroits que nous aurions presque pu prendre, sans être averti, pour des problèmes respiratoires. Michel Veillon reprit son souffle lui aussi. Il avait l'impression d'être dans un mauvais film au genre inclassable. Il observa ses deux sourdes et l'effet de sa réponse. L'une, la coriace, avait l'air en colère, l'autre, la nouvelle, avait envie d'éclater de rire. Et ce n'était, pour aucune des deux, l'effet normal attendu. La coriace n'arrêtait plus de fixer la cheminée, qui plus est, avec un air triste maintenant. Il s'était trouvé drôle, certes, et c'était voulu, certes aussi, mais toutes deux auraient dû sourire maintenant, s'excuser ou être gênées sans plus. Mais pourquoi regarde-t-elle le canapé avec un air si triste et pourquoi l'autre sourit-elle encore plus, s'interrogeait-il en les observant.

Les deux jeunes femmes se mirent progressivement à parler d'une manière tellement animée que notre homme en costume se trouva presque transparent. Il jugea alors que la conversation qui suivait le dépassait et, à vrai dire, il s'en moquait bien. Il se dit que son idée première était bonne : il était tombé chez des dingues, quand ce serait son tour de parler, elles le lui diraient car les dingues ont toujours des instants fragiles de lucidité optimale. Nous sommes très d'accord avec lui. Alors là, il n'écoute plus. Nous non plus d'ailleurs, nous attendons. Il a juste très envie de rentrer avec sa nouvelle signature. Il sort son iPhone pour vérifier où en est son dîner et surtout son retard. Il traite un mail urgent, au moins, se dit-il, il n'aura pas tout perdu. Nous vérifions nos appels en absence tout en laissant les jeunes femmes converser.

-       Il n'existe pas Camille.

Je fais un clin d'œil à Kikoïne pour lui signaler qu'il peut rejoindre Lelouch dans ma cour car cette réplique de film je viens de la trouver, et je sais, d'ores et déjà, qu'elle n'est pas mauvaise car elle est imparable.

-       Comment ça il n'existe pas Julia !

-       Arrête. Tu comprends très bien ce que je veux dire mais que je ne peux pas dire…

Je lui désigne des yeux le quinqua à ma gauche qui pianote.

-       Vaillant n'existe pas, donc c'est caduc. Du coup, je passe en tête avec Onfray et te laisse le tête-à-tête avec…

J'esquisse une révérence en insistant du regard en direction de notre Michel de rentrée.

-       À aucun moment on avait dit qu'il devait exister !

- Mais à aucun moment on avait dit qu'il ne devait pas exister. Pour preuve le fait qu'ils existaient toujours tous jusqu'à présent, tu veux le cahier pour vérifier ?

Je marque un point de plus, je le sais. Par contre, le cahier est à la poubelle.

- OK. Alors toutes les deux.

- Non.

- Alors c'est lui qui choisit.

J'acquiesce et Kikoïne quitte définitivement la pièce. Je respire.

- Très bien.

Je me retourne alors vers notre homme. Veillon prend ceci pour le signal annoncé du moment de lucidité final, nous aurions fait de même, nous faisons de même et nous lâchons nos appels en absence.

- Nous nous excusons toutes deux expliqua Camille Kellogs. Nous souhaiterions nous faire pardonner. C'est un peu cavalier, mais… enfin… accepteriez-vous un dîner dans l'endroit de notre choix, un dîner au champagne ?

Michel Veillon n'hésite pas, il croit à un rêve éveillé. Son attente finalement n'aura pas été vaine alors ?

- J'accepte volontiers.

- Demain soir, je peux.

- Et après-demain, c'est moi, qui peux.

- Après-demain alors, Julia, c'est bien ça ?

- Oui.

Notre Julia Seural s'endormit très tard ce soir-là et ce n'était point dans ses habitudes. Nous la veillâmes donc au mieux. C'est alors que, à cet instant précis, lors de la veillée et plus précisément au moment exact où elle ferma les yeux, c'est alors que donc, nous observâmes enfin le détail minuscule que nous pressentions, devinions, soupçonnions et flairions bien ce matin-là dès 5h45, à savoir : Françoise souriait. D'un sourire à pleine bouche, d'un sourire argentique, d'un sourire gigantesque qui nous laissa pantois. Tout ceci ne dura qu'un quart de seconde ou même moins, mais tout ceci dura suffisamment à notre goût pour nous estomaquer pour la nuit. L'instant suivant nous quittâmes la chambre déconcertés, et la nuit suivante nous ne dormîmes presque pas, ce qui, au final, dura très longtemps et n'était bien évidemment point du tout dans nos habitudes.

Un grand crème en terrasse avec le journal local et un croissant.

L'aube fragile pointe le bout de son nez, intensité minimale pour un apaisement maximal. Comme un cours de yoga gratuit sur la place de l'église pour moi, trois moineaux mal réveillés et Louis le soldat-roi planté dans son monument aux morts depuis 18 avec sur son casque son bon vieux corbeau apprivoisé fidèle et qui sort de nulle part. On est en mode personne ne passe.

Dire qu'ils ont déplacé la fontaine cet été ! Quand j'étais petite la fontaine était à droite sur la place. Dans la fontaine vivait une carpe, c'était la carpe de la fontaine. Tous les enfants du village, moi y compris, ont essayé plusieurs fois d'attraper la carpe de la fontaine. C'était tout doux d'essayer. Personne n'y est jamais arrivé, l'attraper ça aurait été tragique pour elle comme pour nous. Un jour la carpe est morte et, paix à son âme, aucune autre carpe n'est venue la remplacer. Elle était irremplaçable la carpe non-attrapable. Je ne sais pas pourquoi, la fontaine, cet été, est revenue à gauche comme avant, elle a traversé la route, comme dans l'ancien temps disent les vieux. Pourtant l'ancien temps, même eux ne l'ont pas connu, il est trop ancien.

Il faut trois mois pour déplacer une fontaine. Trente-trois minutes chaque matin à Julia Seural pour prendre son café chez Roger. Maintenant elle a froid alors elle part. Roger aime bien la petite. La p'tite fait son petit bazar et n'ennuie personne. Elle ne se plaint pas et a toujours un bon mot pour les autres. Comme sa grand-mère. Avant. C'est bien qu'elle soit revenue. Roger passe machinalement trois coups de torchon sur le zinc déjà propre et repart à l'étage, il est descendu pour elle, le début c'est sept heures quinze, pas avant.

Nous avons fait du mieux que nous puissions pour restituer ce rituel trop matinal de Julia Seural. Julia Seural s'étant levée bien trop tôt et nous endormis bien trop tard.

Elle passa ses deux journées à quatre pattes les yeux écarquillés. Très bien.

Elle défricha, désherba, éclaircit chaque plant. C'était trop important disait-elle, car elle ne pouvait rien oublier. Oublier de regarder une feuille, un bourgeon, une tige qui s'étiole et c'était la catastrophe, la moindre anomalie devait être signalée de peur qu'elle ne s'amplifie et se propage jusqu'au berceau d'à côté, c'était ce qu'elle disait toujours, à Camille Kellogs chaque soir. Elle espérait chaque seconde que sa semaine d'absence estivale précédente ne lui coûte pas sa production automnale toute entière.

Julia Seural espérait et travaillait ses espoirs. Kikoïne et Lelouch n'étaient pas revenus. Seule Françoise nous gratifiait chaque soir d'un nouveau sourire quand Julia s'endormait, nous en prenions bien malgré nous l'habitude et refermions la porte de la chambre.

Ma serre se décroche de la maison de mamie grâce à une porte magique.

Autrefois, quand j'étais minuscule, ma cuisine actuelle était divisée en deux : la boutique et l'arrière-boutique de la boulangerie. Divisée en deux et avec deux portes, une pour chaque partie. Il y avait celle de mamie clinquante, à sonnette obligatoire, la porte d'entrée, celle de la scène, celle de devant avec ses clients. Et il y avait celle de papy, discrète, sans sonnette, celle de la sortie, celle de l'arrière avec son fourneau.

À l'arrière, c'était là où le pain cuisait, là où les clients n'entraient pas et là où tout se passait. Là aussi où papy est mort subitement sans prévenir un soir, presque dans les bras de mamie et il y a très longtemps. Assis à sa table face à la porte, à sa porte, celle de derrière, celle des artistes. Car pour sortir sans être vu, mon grand-père l'empruntait. Une fois sa fournée terminée, pendant que ma grand-mère la vendait et rendait la monnaie, mon grand-père, lui, s'éclipsait comme un artiste fatigué en compagnie de sa gitane, son briquet, ses idées. Le four derrière j'ai eu la chance de le voir petite, mais éteint, grand, énorme, noir. Un peu comme une mine mais portable, une mine à domicile. Je ne l'ai pas regardé longtemps, il me faisait peur et mamie était triste. Il fallait aller vite, modifier les lieux et avancer sans lui. En levant les yeux, suspendus à l'horizontale grâce à une pseudo-grille métallique artisanale accrochée au plafond, mes yeux ont trouvé ses outils. Trois ou quatre palettes longilignes chacune à bouts différents mais noires elles aussi. Mes yeux n'ont pu s'en décrocher sans que mamie ne me tire par la main pour quitter la pièce pleine d'artisans reconstructeurs et créateurs de cuisine américaine dans l'ancien sanctuaire de mon grand-père. Je ne sais pas ce que sont devenus ces outils, mais ce jour-là, en les regardant, j'ai eu la sensation étrange qu'il était là et de lui dire au revoir.

Quand la cloison de la boulangerie séparant la scène des coulisses, a sauté, les deux parties se sont enfin réunies pour former une cuisine. Ma cuisine maintenant.

La porte des coulisses, celle de mon grand-père, eh bien, je l'ai gardée. C'est elle qui s'ouvre maintenant fièrement et sans complexe sur ma serre. En hommage à papy, je lui ai donné un nom approprié : la porte magique. Elle avait déjà une saveur bien à elle, celle de l'école buissonnière de mon grand-père. Elle s'ouvre maintenant sur un jardin coloré permanent et bizarrement elle n'est que très rarement close. L'autre porte, celle des clients, celle de mamie, est devenue ma porte d'entrée. J'ai gardé son encadrement de bois en relief que je repeins chaque année et sa vitre transparente sur la partie haute surtout. J'ai enlevé par contre les napperons au crochet dont ma grand-mère l'avait affublée une fois la boulangerie définitivement close.

La serre de Julia Seural fait quarante mètres carrés. Nous l'avons visitée. La porte magique dont Julia Seural parle ici est une porte comme toutes les portes. Nous l'avons traversée. La serre a une hauteur sous plafond surprenante. Vitrée de part en part, Julia Seural a voulu, à l'évidence, le meilleur pour que son effet de lumière et de chaleur soit optimal et garantisse la survie des espèces dans ce pays où la neige reste parfois facilement jusqu'à fin avril. Au début, elle souhaitait faire comme il faut et compartimenter les espèces comme dans les précis botaniques. Elle créa docilement une jolie serre-témoin qu'on aurait pu voir placardée sur le dépliant des maisons Phénix dernier cri avec une belle allée centrale très centrée. Mais dès le neuvième mois de son installation, les choses changèrent car Julia Seural sembla s'émanciper, ou prendre confiance, ce qui paraît être la même chose pour elle. Le matin du dixième mois, nous l'observions même retrousser ses manches pour déménager avec fougue ses canards : les grands avec les petits, les amandiers de Chine avec les primevères et quelques tulipes. De ce bouleversement spectaculaire est née sa serre telle que nous la connaissons aujourd'hui, non pas comme produit fini, vous l'avez compris, mais comme produit vivant. La sélection naturelle a œuvré seule par la suite, et Julia Seural a suivi ses idées seule aussi, pour voir. Le douzième mois est arrivé alors l'équilibre parfait de formes, couleurs et odeurs, sans allée centrale bien centrée mais à allées multiples de longueurs différentes en fonction des saisons. Les insectes, qui au début s'excusaient, vinrent la peupler progressivement, ce qui l'obligea à rajouter une porte vitrée derrière celle de son grand-père pour qu'ils ne s'invitent pas trop facilement quand elle ouvre en grand la verrière lors des belles journées d'été. Elle a aussi ajouté un puits en début d'année par un système de dérivation annexé à celui du jardin. Un petit bassin a vu le jour au printemps, quand on rentre on l'entend mais on ne le voit pas, sauf si on décide de passer à travers les feuilles immenses des deux intrus des lieux, des bananiers sans bananes, ces bananiers gardent la serre, comme Françoise garde la chambre, comme la porte garde la magie.

Quand je travaille, je ne vois pas le temps passer. J'ai une capacité extraordinaire à rester concentrée très longtemps. Exit la montre, la faim, les courbatures. Je rentre dans une bulle particulière où le seul objectif est la perfection de mes actions. Et travailler la terre c'est un peu comme respirer. Ce travail me demande un mélange de cadence et de gestes précis. C'est sûrement pour ça qu'il me va bien et qu'il me plaît tant. Si j'ajoute la dimension vivante que je donne à mes canards et la grâce qui s'opère lorsque je passe la porte chaque matin, il est évident que débroussailler, rempoter, étayer, semer, me va comme un gant du printemps à l'été, du matin au soir et du soir au matin.

Elle est toujours accroupie. Nous n'avons plus aucune idée de l'heure. Julia Seural ne sait plus si elle a faim. Julia Seural a déjà eu énormément de doutes pour une dizaine de cas. Trop de doutes. Surtout les roses, très mal en point. Nous jugeons qu'il lui reste quelques heures de façonnage. Le soleil n'est plus à l'aplomb d'ailleurs, il amorce sa descente. Julia Seural caresse, touche, vérifie, les couleurs, les odeurs et la qualité de la terre.

Le téléphone sonne.

Elle arrache un gant puis deux. Elle n'a parlé à personne depuis sept heures du matin. Nous non plus. Elle est contente. Nous aussi. Alors elle décroche.

- Allo. Mademoiselle Seural ?

- Oui, moi-même.

- Monsieur Veillon, vous vous souvenez ?

Que je me souvienne ! Qu'est-ce qu'il me veut ? Il n'est pas déjà dix-neuf heures j'espère... Kikoïne et Lelouch réintègrent l'espace en une seconde, ils traversent la serre, inspectent la magie de la porte puis prennent place sur le canapé. Julia lève le nez sur l'horloge du lecteur DVD qui affiche quinze heures. Il n'est pas dix-neuf heures. Je n'aurais pas dû décrocher. Mais j'ai décroché. Tant pis.

- Oui bien sûr. Mais j'avais noté dix-neuf heures...

- Moi aussi.

- Ah.

- Mais je suis déjà en route, et je suis par contre assez proche.

- Ah.

- À une vingtaine de minutes d'après le GPS.

- Ah.

- Puis-je passer un peu plus tôt ?

- Ah.

- Vous n'avez pas d'autres mots ?

- Si, si...

- Et donc ?

- Pourquoi pas.

Elle raccroche. Elle a raccroché. Elle aurait pu vérifier si je me souvenais de l'adresse ou ... non, elle a raccroché. Cette fille ne manque pas d'air. Pourquoi ai-je toujours l'impression de la déranger ? Serait-elle ministre, rattachée à l'ambassade de Bolivie en mission humanitaire pour le sauvetage des marmottes à poils ras, quel est le problème exactement avec son emploi du temps serré qui l'empêche de dire la vérité si je perds mon chemin ou de répondre cordialement au téléphone si je suis en route.

Michel Veillon s'en veut d'avoir décidé volontairement de partir plus tôt pour être plus efficace. Il décélère, roule maintenant à cinquante kilomètres à l'heure tout au plus, en espérant perdre quinze voire dix-sept minutes pour arriver un peu plus tard.

-   Entrez, entrez, je crois que la dernière fois vous n'avez pas hésité non ?

Elle sourit. Elle est mal habillée mais ça lui va bien. C'est ce que pense Michel Veillon en entrant. Kikoïne, Lelouch et moi-même sourions aussi.

C'est surprenant se dit-il. Elle se fond dans le décor délicatement et sans excès. C'est surprenant se dit-il... Cette fille ne ressemble à rien ou à pas grand-chose de commun. C'est surprenant. Mais elle est jolie quand même dans l'encadrement de cette porte vitrée avec la lumière à contre-jour qui tombe sur ses cheveux châtains, ses yeux qui pétillent et lui disent d'entrer, elle sourit. Michel Veillon regarde Julia Seural dans sa salopette verte partout sauf aux genoux et il s'en étonne lui-même. Julia Seural sourit toujours.

-    Bonjour, vous allez bien ? s'essaye-t-il.

-    Oui, ça va ! Vous connaissez les fleurs ? s'essaye-t-elle.

-    Les fleurs ? Oui, enfin...

-    Alors suivez-moi, si ça vous intéresse.

Je lui passe devant sans savoir s'il va suivre. Nous les précédons en restant discrets. J'ai envie qu'il suive. Parce que je veux finir. Et parce que j'ai bien aimé son air gauche dans l'entrée.

Michel Veillon se surprend à être content d'avoir répondu qu'il aimait les fleurs alors qu'il n'en sait absolument rien. Il la suit. Il cherche même machinalement du regard une seconde combinaison verte partout avec des taches marron gigantesques sur les genoux. Il n'en trouve pas.

Il passe alors la porte buissonnière du grand-père de Julia, et entre dans la serre aux bananiers sans bananes par la porte magique. Très bien.

Par la suite, nous n'avons pu prendre que quelques notes sommaires et brèves. En effet, Kikoïne et Lelouch se sont désintégrés de manière définitive sous nos yeux en passant la porte. La situation *in conservatorium* ne semblant pas propice aux tierces personnes, nous décidâmes donc de rester à distance.

Il n'était que quinze heures quand il arriva, mais à dix-sept heures ils étaient toujours tous deux dans la serre. Ils passèrent une après-midi spéciale, elle dans son domaine où elle maîtrisait un peu mais apprenait toujours, lui dans un endroit qui, jusqu'à quinze heures, lui était inconnu. Ils ne parlèrent pas beaucoup, juste de ce qu'il fallait et toujours des fleurs. Le silence et la précision des termes horticoles nous aidèrent beaucoup à progresser en horticulture, nous les en remercions. Et surtout ils n'eurent pas besoin de dialoguer ou d'exposer. Ce qui n'arrive normalement jamais. Normalement, il existe, dans la courtoisie des rapports humains débutants, des questions fondamentales à poser et donc des réponses à donner. Celles sur le travail, l'âge, le parcours personnel minimum simplifié dirons-nous, qui recadre bien et aide aussi. Tout ça n'eut pas lieu. Eux partirent sur les fleurs. Pas sur les généralités, les grandes lignes de l'horticulture dirait-on, mais sur le moment : le travail de défrichage entamé le matin, ce qui importait pour elle aujourd'hui. Elle fit comme si lui, qui n'y connaissait rien, eut pu, par une expérience innée, inventée sur l'instant, l'aider. Sachant qu'elle savait du début à la fin que de son aide elle n'en avait pas besoin. Elle aurait pu appeler une collègue intervenante dans la prestigieuse école de Breuil. Marie. Marie excellait toujours dans les conseils pertinents, surtout après une absence aussi prolongée, et un défrichage aussi difficile, Marie eut été d'un grand recours et d'une expertise fine de la situation, c'est certain. Mais non. L'idée de lui passer un coup de fil dans l'après-midi disparut progressivement avec l'après midi justement, avec lui et son absence de conseils efficaces, avec les disparitions simultanées de Lelouch et Kikoïne. Toutes les difficultés du matin, sur les roses notamment, la tracassaient toujours, mais avec lui dans les pattes, qui reprenait des couleurs en plus, elle décida de laisser de côté son objectif final de sauvetage floral parfait,

Pour voir.

Il partit en fin d'après-midi, pour déposer ses affaires à l'hôtel et se changer. La première chose qu'elle fit, après son départ, fut d'appeler Camille Kellogs.

En Afrique, une harde d'éléphants s'était mise en marche.

Je trouve enfin un hôtel à mon goût mais beaucoup plus loin. Six chambres sont libres. C'est un hôtel prestigieux. Plein centre-ville. J'ai décidé de prendre un hôtel vers dix-sept heures, la fatigue sûrement, et la non-envie de faire la route de nuit surtout. J'appelle ma femme pour la prévenir. Me douche, j'ai les idées un peu floues en arrivant à l'hôtel. Après la douche ça va mieux.

Michel Veillon sort son ordinateur portatif, branche son imprimante portative, clique sur fichier puis imprimer en deux exemplaires. Il attrape deux stylos noirs d'une marque étoilée et les glisse dans la poche intérieure de son blouson. Il a choisi un pantalon marine presque noir, pull col V manche trois quarts fluide. Classique décontracté mais au travail. Le restaurant pour les signatures de contrat c'est sa spécialité. Il n'aurait peut-être pas dû prendre une chambre. Il se regarde dans la glace se sent prêt, s'apprête à éteindre la radio du canal à trois chiffres de l'écran plasma. C'est un air démodé. Il prend pourtant le temps de chanter en play-back, le doigt sur la croix rouge barrée « *They're livin' it up at Hotel California, What a nice surprise, Bring your alibis* » puis après la dernière note, appuie enfin sur le bouton du boîtier, éteint la lumière, tourne la clé dans la serrure avec le contrat bien plié main gauche. Ce n'est que dans le couloir, devant l'ascenseur digital, qu'il sourit en se disant qu'il n'avait pas entendu cet air depuis mille ans.

Je claque la porte. Je me dis que si ma grand-mère était là, elle m'aurait passé une craquée. Je lève les yeux et m'excuse pour cette fois et les prochaines où je ferai pareil.

Si je veux me mettre dans l'ambiance, il vaudrait bien mieux commencer de suite. Je sors mon iPhone, branche mes écouteurs, cherche Aznavour. C'est long. C'est très long. Puis ça marche enfin. Je les connais toutes et j'en ai un peu honte. Je choisis ma préférée. Je commence à chanter. Quand j'arrive chez Martine, Aznavour va claquer sur la note de fin et ça me fait rire à chaque fois.

« *Oh can I looooooove you ?* ».

Nous la voyons arriver. Martine est la tenancière du restaurant. Son mari cuisine, Martine sert. C'est ainsi.

- Eh bien, la Miss a l'air en forme on dirait ? Questionne la femme qui semble se prénommer Martine.

- J'ai passé une bonne journée. Répond Julia.

- Ben accroche-toi pour la soirée, y'a un pas-drôle qui s'est mis en terrasse pour toi. C'est qui ?

- Je ne sais pas vraiment.

- Elle ne sait pas vraiment...

- Il s'appelle Michel Veillon. Il me cherchait avant-hier pour me parler de mon champ. Je lui ai simplement promis un dîner.

C'est dit. Il ne manque plus que le champagne. Je me trouve excessivement loyale, Martine me trouve excessivement dingue.

- Tu es dingue ou quoi ?

- Non.

- Tu ne le connais pas ?

- Non.

- As-tu vu sa voiture ?

- Oui et nous avons passé l'après-midi ensemble dans la serre.

- Ah !

- Il m'a aidée.

-    N'importe quoi ! Si ta grand-mère était là !

-    Tu m'agaces Martine ! Amène-nous la carte.

Martine se tait, elle lève les yeux au ciel, passe la main droite sur son tablier blanc pour défroisser un pli invisible et va chercher deux cartes.

-    Michel ?
-    Julia !

- Madame…. Monsieur.

Il se lève, empoigne la chaise vide et la recule pour que Julia puisse s'assoir. Martine tend la carte à Madame puis à Monsieur en gardant Julia dans les yeux. Il espère qu'il n'y ait pas les prix sur celle de Julia, mais a un doute. Il examine sa propre carte. Il constate que le menu le plus cher atteint péniblement les trente euros. Il calcule rapidement ce que l'on peut tirer de la carte. Il conclut tout aussi rapidement : rien. Julia, elle, n'a pas l'air perturbée. Elle n'a d'ailleurs même pas regardé la carte qui est restée pliée à sa droite. Elle le fixe comme si elle attendait qu'il soit prêt.

- Vous avez déjà choisi Julia ?

- Bien sûr, ici, il faut toujours prendre les cuisses de grenouilles.

- Ah bon…

- Oui.

- Ce sont des vraies ?

65

- Non. Des « *en plastique* » version l'aile ou la cuisse, voyez-vous...

Il doit connaître. C'est certain qu'il connaît. Avec *Les Tontons flingueurs* le seul film que je n'ai jamais pu regarder jusqu'au bout. Il ne faut surtout pas que j'oublie de lui parler de Charles Aznavour, Mireille Mathieu, Joe Dassin et Nana Mouskouri. Champagne. Entrée. Plat. Dessert. Apprendre à dîner avec un Michel ou honorer son pari ou Le Dîner de Michel versus *Le Dîner de cons*.

- Je voulais dire des cuisses de grenouilles d'élevage ou sauvages.

Julia esquisse un sourire et alors qu'elle s'apprêtait à reprendre l'intégralité de la discographie de Sacha Distel pour initier un subtil début de conversation légère et stupide ; ce qui nous aurait terriblement ennuyés bien que nous aurions pu y trouver une note baroque ; Julia Seural lui répondit un timide *« Cuisse de grenouilles sauvages »*. Nous essayâmes d'ailleurs, bien plus tard, d'énoncer ces quatre mots timidement nous aussi et ce ne fut pas si simple. Bref. Julia y parvint pourtant et très bien, c'était à noter tout de même. Une prouesse proche de celle d'une actrice. Rebref. Elle y parvint donc. Fière de sa performance certainement, elle énonça aussi ensuite avec plus de confiance des petits souvenirs classiques pour le lieu, comme le fait que Paul, mari de Martine, était un expert dans lesdites cuisses, et que, elle aussi l'était, avant, quand elle était petite, enfin, finalement, avec les écrevisses surtout, les coins à écrevisses, elle était meilleure pour les coins à écrevisses, là-bas, derrière le moulin. Mais c'était le panier qui lui plaisait, le porter surtout, au retour. Après, ils faisaient des courses, elles et d'autres, des courses d'écrevisses, sur le muret de l'église, là, derrière. Elle se retourna même pour montrer l'endroit. Nous sommes stupéfaits de sa performance à enjamber Sacha Distel pour parler d'amphibiens.

- Maintenant c'est interdit. Alors il faut venir ici pour en manger.

- Ah...

- Prenez les cuisses de grenouilles voyons !

Qu'est-ce que je fais là ! Nana Mouskouri, on avait dit Nana Mouskouri, je ne me suis pas tapée la biographie sur Wikipédia pour rien.

- Pardonnez-moi, c'est un sujet bizarre que je vous impose. Avez-vous choisi ?

- Pas plus bizarre que vos fleurs tout à l'heure.

- Effectivement.

- Et oui j'ai choisi, je vais prendre comme vous.

- Très bon choix. Je vous invite, vous vous souvenez ? C'est obligatoire. Pour se faire pardonner. Ça vous dirait un verre de champagne avec vos cuisses sauvages ?

- Un verre de champagne ?

Oh ! merci les cuisses sauvages ! Et maintenant, Nana Mouskouri ! Pendant une heure environ ! Puis Tchao Pantin ! Parfait ! ça va rouler comme sur des roulettes ce gentil dîner !

-   Oui, un verre de champagne Monsieur Veillon ! Le champagne accompagne divinement bien les cuisses sauvages vous verrez, laisser-vous donc guider !

Nous décidons alors de nous centrer maintenant un peu sur ce Michel qui n'a pas pipé mot et se concentre, bien malgré lui, sur des classifications botaniques barbares et le développement durable des grenouilles depuis quinze heures environ. On part en sens opposé se dit-il en sentant son lourd contrat dans la poche de sa veste décontractée. Il fixe une dernière fois le repas à trente euros et lui dit adieu. De toutes les façons, avec elle, on part en sens inverse depuis le départ. Il la regarde, se dit que s'il dit non, il va la vexer. Et il n'a pas envie de la vexer ou plutôt, ce n'est surtout pas le moment de la vexer.

-   Vous êtes un curieux personnage Julia Seural. Je crois bien qu'aucune femme ne m'a jamais invité au restaurant lors d'un premier rendez-vous et, qui plus est, avec du champagne. Alors, une fois n'est pas coutume, j'accepte volontiers et vous en remercie.

Elle passe la commande et fait comme si elle ne voyait pas le visage de Martine se décomposer à l'annonce du champagne. Elle est heureuse qu'il ait dit oui, même s'il doit avoir une carte en or cachée dans sa poche droite, il a dit oui. Elle le remercie avec les yeux en espérant qu'il comprenne. Puis elle réfléchit à comment placer Nana Mouskouri ou Eddy Mitchell ou un événement léger littéraire, cinématographique, artistique des années ? Elle constate qu'elle ne sait même pas quelles années cibler au juste. Nous non plus et c'est bien dommage. Elle arrive à ses fins rapidement et se rend compte avec stupeur qu'il ne connaît pas Nana Mouskouri aussi bien qu'elle, surtout depuis sa recherche avant de venir. Sourires mélangés. Nous notons ces sourires. Elle énumère tous les chanteurs(euses) rétros qu'elle connaît, les crie presque quand elle en trouve un nouveau et dérange trois ou quatre fois les clients des tables voisines, mais de Brel à Brassens, en passant par Montand, Trenet, Bécaud aucun ne fait mouche car mauvaise époque à chaque fois, même Claude François semble trop vieux, quelle époque alors ? Les Doors, Gainsbourg et Higelin plutôt ? Sourires mélangés, voire rires concordants. Il lui semble différent. Nous notons à nouveau. Puis elle se moque de lui avec ABBA et sa version More Gold que tout le monde a achetée et il fait de même avec David Guetta et ses sons électro de supermarché marketing, il a envie de parler des Eagles, elle non, elle n'a jamais trop aimé hormis *Hotel California*, mais c'est bien trop loin.

Il se dit que cette fille est drôle et pas commune, qu'elle s'adapte avec une aisance folle, qu'elle écoute et ne juge pas. Elle se dit que ce type n'est pas vieux, qu'il semble terne dans la vie, mais que, quand il sourit, il devient coloré et d'une beauté rare. Nous nous plaisons à constater qu'ils se plaisent et nous notons ces plaisirs occurrents. Elle décide alors, dans sa tête, d'acheter des crayons de couleurs et ceci dès demain matin. Il décide alors, dans sa tête, de revenir demain ou plus tard, pour la connaître un peu mieux. Nous recherchons rapidement sur Google Maps un discounter compétitif pour qu'elle choisisse dès demain une palette suffisante adaptée au variantes roses et/ou rouges vives du Kamasutra.

C'est à ce moment-là, celui où la balle est au centre, ou plutôt à l'équilibre exact, celui où ils ne mangent plus, où tous les autres clients sont presque partis sans que nous ne les ayons vus manger ou régler, à ce moment-là donc, que Michel Veillon sort son contrat. Très bien.

- C'est quoi ? demande Julia.

- Bien c'est un contrat. Répond Michel.

- Un contrat ? Redemande Julia.

- Enfin non. Objecte Michel. Ce n'est pas un contrat, Julia, c'est une proposition de contrat.

Michel Veillon semble gêné. Il accroche un sourire condescendant sur ses lèvres. Julia regarde l'entête du papier.

- J'en étais sûre ! dit-elle en se saisissant du papier.

- Attendez, Mademoiselle Seural, vous ne savez même pas de quoi il retourne !

- Il s'agit de mon champ Monsieur !

Michel essaie d'examiner la situation de la manière la plus lucide qui soit. La règle de l'art de la négociation c'est de s'appeler, vers la fin, par son prénom. Nous voyons bien que notre Michel a tout faux. Il vient de faire l'inverse. Elle de même. Mais il est têtu. Cette signature il la veut semble-t-il. Même s'il a un peu mal aux yeux à force de soutenir son regard de louve protectrice d'un champ faisandé, il enchaîne alors en jouant sa dernière carte : celle des cuisses de grenouilles sauvages mais en l'adaptant bien un peu. Très bien.

- Effectivement. Oui effectivement vous avez raison. Je suis venue vous faire une proposition pour racheter votre pré. Mais, savez-vous pourquoi ?

- Mon champ merci. Le pré, c'est pour les vaches. Et je ne suis pas une vache.

- C'est vrai…

- Et non, je ne sais pas pourquoi et je m'en moque. Mon champ n'est pas à vendre.

- C'est vrai aussi, mais votre champ intéresse pourtant énormément une grosse société Allemande.

Nous passerons ici les détails dont il gargarise Julia pour la convaincre. Retenons juste que cette société souhaite s'implanter en France, qu'elle est en pleine expansion et enchaîne ses conquêtes avec bravoure en passant par l'Europe de l'Est, que la localisation géographique centrale étonnante du champ de Julia lui convient parfaitement, qu'il existe ici une absence féerique de risques sismiques non négligeable ainsi qu'un réseau autoroutier conséquent, que ce projet stimulerait l'emploi - il en est soucieux - et continuerait de dynamiser cette magnifique région qu'il vient de découvrir avec elle et ses cuisses sauvages, enfin, que les terrains par ici sont plus qu'abordables.

- L'électrolyse des métaux est une méthode innovante vous savez, c'est une industrie très efficace et rentable. Ils se sont implantés en Asie voilà deux ans et gagnent de plus en plus de marchés. C'est une très belle affaire, les banquiers les suivent les yeux fermés.

- Eh bien, partez vous aussi prospecter en Asie, avec vos banquiers français aux yeux bandés, il y a des rizières non là-bas ?

- Des rizières Julia ?

- Oui, de belles rizières.... Les chinois seront encore plus contents et l'électrolyse ce doit être tiptop dans la flotte pendant la mousson !

- Julia... Vous êtes bien dure en négociation...

- Je ne suis pas dure en négociation, mon champ n'est pas à vendre Michel, je vous l'ai dit. Pas à vendre voilà tout.

- Savez-vous jusqu'à combien ils sont capables d'aller Mademoiselle Seural si le terrain leur plaît ?

- Non.

- Si le terrain est plat, accessible, bien desservi pour le passage régulier des camions de livraison, avec aussi une nappe phréatique importante et une rivière proche pour drainer les bassins de sédimentation et l'évacuation des déchets....

- Arrêtez, vous perdez votre temps.

- Propres. Des déchets propres. Votre terrain a tout ça. La nappe phréatique est énorme et la rivière facile d'accès. Votre prix est le mien Julia.

- Oui alors ! Ça marche évidemment Michel ! C'est parti. Il est où votre papier officiel ?

Il lui tend à nouveau la promesse de vente, sans comprendre et pas convaincu. Elle l'attrape et la déchire très doucement puis elle se lève quitte la table très polie, en le saluant et lui souhaitant un bon retour. Notre Julia Seural se moque bien d'avoir honoré partiellement son pari c'est certain. Camille Kellogs comprendra. C'est certain aussi. Seules quelques grenouilles et leurs cuisses charnues coassent derrière elle. Très bien. Nous rentrons donc nous aussi en laissant là Michel Veillon et sa note à régler. Parfait. Nous sommes un peu dupés car, évidemment, à quinze heures, nous les imaginions déjà tous deux à quatre pattes dans la chambre à l'étage.

La harde d'éléphants marcha beaucoup cette nuit-là, nous n'en fûmes point surpris, et, avant que nous quittassions la chambre, Françoise nous adressa cette fois-là son plus beau sourire, ce qui, par contre, nous laissa forts circonspects.

Elle m'avait planté là alors j'ai réglé.
Mais je n'allais pas en rester là.

J'ai rangé mon amertume et j'ai roulé jusqu'à l'hôtel. Le lendemain je savais exactement ce que j'avais à faire, le lendemain j'avais repris mes esprits. J'ai enfilé un jeans noir passe partout, un polo vert mais pas pomme. Vert chasseur. Quarante-cinq minutes après j'étais là-bas. J'ai pris mon portable. J'ai cherché le numéro de la mairie sur les pages jaunes et attendu la tonalité. La tonalité n'a pas tardé.

-   Bonjour.

-   Oui ?

-   Michel Veillon, agence Immo De Ris France, Monsieur le Maire est-il là ?

-   Oui, il arrive à l'instant.

-   Puis-je lui parler ?

-   Attendez.

J'attendais.

Louis, il y a un monsieur de l'agence IDR France au bout du fil, il souhaite te parler. Monsieur Veillon ? Oui. Je vous passe Monsieur Louis Vallières de suite. Merci.

Pas de musique, je l'ai eu en direct. C'est très bien la campagne finalement. Je lui ai dit que j'étais très proche, il m'a répondu qu'il était disponible ce matin uniquement ou qu'on pouvait refixer un rendez-vous la semaine prochaine. Fin de semaine prochaine. J'étais à cinq mètres. Je lui ai dit que je pouvais être là dans une petite heure, le temps de prendre une collation vitaminée dans le village d'à côté pour rassembler mes idées. Je lui ai dit dans une heure. Il a acquiescé.

Je suis rentrée avec Aznavour dans les oreilles. Il n'y avait aucune étoile dans le ciel et la lune était voilée. Elle n'éclairait presque plus rien. Avant d'arriver à la porte je me suis entravée trois fois à trois pierres minuscules, mais toujours rattrapée. J'ai souri à cette idée puis je me suis endormie.

Julia Seural est donc triste. Nous notons simplement ce détail qui ne nous étonne point non plus. Elle aussi aurait simplement bien aimé, à l'évidence, se retrouver à quatre pattes ce soir-là. C'est ainsi et c'est somme toute très normal. Passons.

Les jours qui suivirent Julia Seural fit l'huître, l'anguille, la taupe, ou toutes les bestioles terrestres et aquatiques qui passent leurs journées à esquiver. Nous eûmes même des difficultés certains jours à reprendre nos notes. Elle put résoudre mille problèmes secondaires qu'elle aurait négligés si elle avait eu la tête vide. Ses canards patientaient eux aussi. Nous patientions avec eux.

Au début, j'ai cru qu'il allait repasser. Ça m'a fait tenir trois jours et trouver trois arguments pour qu'il stoppe ce projet d'usine chez moi. Après j'ai compris qu'il ne repasserait pas, ça m'a empêché de dormir une nuit. Les cinq jours restants j'ai ré-enterré la bombe pour être en forme le jour de l'explosion. Et le huitième jour à la quatorzième heure, elle est descendue du ciel. À peu près au moment où je l'attendais, elle a frappé à ma porte pour m'exploser en pleine face. Ça m'a fait mal. Louis Vallières, en personne, notre maire, dans ma cuisine. Car c'était évident, un projet de cette ampleur ne demandait pas que mon humble avis. Il en fallait d'autres. Des plus importants, des plus influents et c'était bien là, la raison de mon insomnie de la troisième nuit et de ma quête de solutions diverses non douloureuses.

- Julia, je peux entrer ?

- Oh oui, Louis, entre bien sûr.

Louis Vallières est le maire du village. Il a une soixantaine d'années. Il a une voix douce. Il entre. Il la prend dans ses bras. Nous en sommes gênés, nous partons pour les deux chapitres suivants.

Françoise, quant à elle, n'en finit plus de sourire et les éléphants, quant à eux d'avancer. Nous notons avec précision tous ces moindres détails évolutifs très importants chaque soir, chaque nuit, nous notons.

Ça me fait bizarre d'être là. Bizarre à chaque fois. Je suis venu souvent petit, puis plus grand chez les grands-parents de Julia. Chez Jean et Augustine Lange. Les Lange comme on disait à l'époque. Augustine était la grand-mère de Julia.

Mon père était venu avant moi. Maire de père en fils chez les Vallières. C'est ainsi. Et ma mère surtout, oui ma mère Marcelle, elle en a passé des fins de matinée et des fins d'après-midi chez Augustine. Juste à parler. Ma mère et Augustine étaient des amies. Des vraies de vraies.

Puis Julia est revenue un matin, et a rouvert les volets. Ce matin-là, je m'en souviens très bien, mon Dieu que je m'en souviens. Elle a mis de la musique et ouvert en grand toutes les fenêtres. Une musique que je ne connaissais pas. Pas trop fort, mais juste ce qu'il fallait. Juste ce qu'il fallait pour que ce matin-là tout le village l'entende. Chez Roger, chez Martine et Paul, chez le boulanger, à l'école, à l'épicerie, sur le parvis de l'église et de la mairie. Les gens chuchotaient entre eux, les vieux beaucoup et les jeunes un peu. Des petites phrases comme : « *Elle est revenue, je crois...* ». « *Pour une semaine ou elle s'installe ?* » « *Elle a racheté la maison ?* ». Des questions ouvertes sans réponses, mais il fallait les dire, car il y avait la musique, les fenêtres grandes ouvertes, et les draps béants comme des parachutes à chaque fenêtre. Le village a passé une semaine en musique avec une maison à parachutes blancs et une 206 bleue remplie à ras bord quatre fois par jour en partance pour la décharge. Après est venu un camion blanc, un à enseigne. L'enseigne tout le monde l'a lue. Les vieux et les jeunes. Parce qu'elle est passée à midi moins le quart, en plein été, quand il y avait foule à la boulangerie un samedi. Ils ont lu M.X plâtrier peintre. Alors ils ont chuchoté les vieux. Toujours sans réponses. Puis le camion blanc a eu un comparse qui s'appelait « M.Y, vitrier, taille et pose de vitres sur mesure ». Les vieux ont alors arrêté de chuchoter. Et, ils ont parlé à voix haute à l'école, à la boulangerie, à l'épicerie, sur le parvis de la mairie et surtout au café. Ils ont dit la même phrase :

« Elle est revenue, la petite. La petite fille de Augustine Lange. »

A partir de là, les choses étaient dites et sans qu'elle n'ait rien dit. A partir de là, au village, plus personne n'a rien dit. Les vieux et les jeunes.

Ils ont juste attendu.

Attendu que les fenêtres se referment, que la musique s'arrête, que la 206 se gare, que les parachutes regagnent les lits, que les vitres soient montées et que le plâtre ait séché. Puis un à un, sans prévenir et sans frapper, les vieux d'abord sont passés. Raconter des histoires, inspecter la maison, et se rappeler d'avant. Toujours avec le prétexte d'un café sinon, ils se sentaient malpolis. C'était un joyeux défilé pour Julia, la maison et les vieux. Certains, ceux qu'elle aimait, repartaient en tournant à gauche avant de reprendre la grand-route. Du coup, ce mois-là, on a trouvé que la tombe de Augustine et Jean n'avait jamais été aussi fleurie. C'est ce qui s'est dit plus loin, au café, chez Roger.

Après sont venus quelques jeunes, mais plus tard et pas tous. Ils ont d'abord discuté avec Julia au coin d'un trottoir, devant la boulangerie ou à la fin du marché. Puis eux aussi sont passés mais à des heures plus tardives et surtout les week-ends. Ce qui fait tout simplement que, Julia, en deux mois à peine, a été réhabilitée à la grande majorité des vieux surtout, les jeunes eux restaient encore méfiants. Réhabilitée, grâce à la musique peut-être, mais aux cafés sûrement.

- Ça va Louis ?

- Oui, oui, ça va. J'étais perdu dans mes pensées, excuse-moi. Je me souvenais du jour où tu étais revenue.

- La musique, tu te rappelles ?

- C'était Ludovico Einaudi. La Scala Julia. Bien sûr que je me souviens Julia, bien sûr...

Je lui souris et lui tends une tasse de café vide. Je me retourne pour ouvrir le vaisselier et attraper la boîte à sucre. Dans mon dos, je l'entends alors murmurer.

- Ne t'inquiète pas. Je suis passée pour te dire qu'il était passé.

- Quand ?

- Il y a une semaine. Je lui ai dit non moi aussi. Sans mon avis favorable le dossier est bloqué.

- Ah.

- Et mon accord ils ne l'auront pas. Mais il s'est déplacé Julia.

- Je sais bien, et par deux fois en plus !

- Un directeur général ne se déplace jamais pour rien sinon il envoie un commis.

- Alors, je veux bien ne pas m'inquiéter Louis, mais tu comprendras que ce que tu me dis-là ne me rassure pas assez.

Louis Vallières tenta par la suite de donner à Julia Seural plus de termes techniques. Pour la rassurer objectivement. Il lui parla du rôle rationnel de Michel Veillon auprès des collectivités publiques, et de son rôle à lui de maire, traditionnel et fondamental dans ce cas précis. Il n'emmêla pas les pinceaux, il les démêla en toute clairvoyance et avec beaucoup de bienveillance.

- Alors nous verrons bien Julia ! Fais-moi confiance et ne t'inquiète pas. Ce café alors ?

Il est resté un moment, il voulait parler de la serre, regarder mon bilan que je n'ai pas voulu lui montrer. Ça l'a fait rire et rester plus longtemps.

Quand nous les retrouvons, ils sont tous deux dans la serre.

Louis constate qu'elle a beaucoup travaillé en peu de temps. Ils reparlent de son projet de créer un jardin de plantes vivaces et rustiques dans le carré d'herbe attenant à sa serre. Quinze mètres carrés pas plus. Pour commencer dit-elle. Dès le printemps rajoute-t-il. Elle lui soumet son idée de partir en formation vivaces-rustiques prochainement. Il en est content. Elle s'est inscrite dans la semaine. Louis souhaite l'aider. La petite projette aussi de vendre quelques-unes de ses plantations sur internet dès cet hiver. Il l'aidera. Et pourquoi pas créer au printemps un coin, là, dans la serre, pour servir des cafés gourmands aux touristes en été ? Tu as raison lui répond-elle car il a raison elle le sait.

Suite au départ de Louis Vallières, Julia Seural eut envie de monter les escaliers quatre à quatre et d'ouvrir en grand chaque fenêtre de chaque étage pour finir par redescendre sur la rampe. Dans la bibliothèque, à mi-hauteur, après quelques longues minutes, elle retrouva enfin la Scala.

Alors, avec fougue, elle remit la musique. Très bien.

Le mois de septembre reprit donc son cours très gentiment. Camille passait. Jocelyn passait. Michel Veillon ne passait plus. Françoise souriait toujours. Aznavour chantait. Lelouch réalisait. Kikoïne tournait. Les cuisses sauvages coassaient. La harde d'éléphants dans une arche suffisante avait sauté Gibraltar dans la nuit sans encombre. Julia et Margaux étaient au téléphone. Nous eûmes peu de difficultés à comprendre qui était Margaux. Margaux était simplement une amie d'enfance de Julia.

Nous passons le reste des détails organisationnels dont les deux jeunes femmes se préoccupèrent téléphoniquement ce jour-là. Nous retînmes qu'un rendez-vous amical était prévu très prochainement et organisé sur un week-end. Un rendez-vous institutionnel finalement, et aux convives trop nombreux dont l'objectif était de sceller la fin de l'été par une beuverie gigantesque réussie. Très bien. Cela arrive parfois. Rien ne fut pour autant modifié dans le mois qui suivit : Camille passait, Jocelyn passait, Michel Veillon ne passait plus, Françoise souriait toujours, Aznavour chantait, Lelouch réalisait, Kikoïne tournait, les cuisses sauvages coassaient, la harde d'éléphants avait sauté l'Espagne dans la semaine sans encombre en ne se refusant pas une brève visite de la Sagrada Familia, il est simplement à noter que la visite fut gratuite. Très bien.

Le jour de la beuverie gigantesque survint enfin. Ce fut la sœur ainée de Julia qui arriva en premier. D'autres arrivèrent par la suite. Julia Seural s'affairait et accueillait à l'intérieur. Victoire Seural à l'extérieur. Personne vraiment au milieu, ou plutôt tout le monde : des nouveaux visages que nous ne connaissons pas et qui sont sans intérêt pour l'heure. Nous comptons déjà six convives. Non, sept selon sa sœur Victoire qui est mieux placée que nous.

Victoire prend la parole :

- Julia.

- Oui.

- Monsieur souhaite te parler.

Nous redoublons alors de vigilance pour ne rien perdre de la suite.

Je lève les yeux. Je vois Victoire devant moi puis je vois des cheveux cachés derrière ma sœur. Un peu gris, un peu brun, un peu les deux, les cheveux. Je vois en fait une ombre masculine décolorée qui approche. C'est Michel Veillon, le faux pote de Nana Mouskouri en personne, il s'est fait la belle à nouveau pour venir clôturer mon champ à grand coup d'électrolyse. Oh Non ! Pas maintenant. C'est qui ? me demande Victoire de suite. Je ne réponds pas. Je ne sais pas quoi répondre.

Nous voilà maintenant très gênés face à la petitesse de la situation. Nous nous interrogeons. Nous repensons à cette idée de levrette qui nous encourage car nous sommes des femmes comme des hommes et vice versa. Ce serait orgueilleux ou prétentieux même de prétendre autre chose et de juger trop petit ce qui est plébéien. Laissons-nous finalement porter par les petites choses qui les composent, soyons un peu comme notre Julia que nous aimons beaucoup, haïssons les montres, les volets, les gens pressés, les défaites anodines, utilisons même des mots crus quand cela est nécessaire et faisons-le donc un peu pour voir, comme elle.

- Michel, bonjour.

Ce qui veut dire avec le sous-titrage : je suis toujours en colère contre vous alors tirez-vous et bien loin ok, là ce n'est pas le moment.

- Bonjour, Julia.

Ce n'était pas assez clair, il n'a rien compris.

- Je n'ai pas trop de temps à vous accorder, pardonnez-moi. Je me dois d'accueillir mes amis, d'autant que je pense avoir été plus que claire la dernière fois et aussi j'ai vu Monsieur Vallières, le maire, et que...

Il me coupe.

- Oui, je vois bien que le moment est mal choisi.

Il prend donc la main puis il continue, plus coloré, dans les tons pâles cette fois, mais plus coloré je trouve...

- J'ai hésité car j'ai bien compris que la maison était en effervescence cette après-midi.

- Vous hésitez avec confiance tout de même !

- Je voulais vous laisser juste un mot sur votre pare-brise mais votre sœur est venue à ma rencontre et m'a gentiment dit que je ne vous dérangerais pas si ce n'était pas long alors...

Il garde la main et devient presque foncé ou bronzé, assuré, et déterminé, tranquillement, il termine :

- Mais je me devais de venir vous prévenir que le projet n'était plus d'actualité, enfin si. Mais pas ici. Pas chez vous. Je me suis engagé à trouver ailleurs. Voilà. C'était juste pour vous rendre compte et vous rassurer aussi. C'est une démarche amicale voilà tout.

J'ai alors repris la main à ma manière, pour gentiment reprendre la tangente. Car quand les choses, les dires, les trucs, les mots qui sortent de la bouche des autres pour venir me coller, se réconcilier, s'excuser, me caresser deviennent trop clairs ou trop foncés je m'éclipse. Les vrais moments importants, en l'occurrence là, celui d'une excuse voilée, quand ils arrivent, bien moi je me taille, je me casse, je déboîte, double et disparais plus vite sans répondre. Ce n'est pas que je n'aime pas les compliments, les excuses ou tous ces trucs-là, c'est que je ne sais pas quoi dire ou répondre alors je fuis. Et ça marche à chaque fois. Ceux, celles, en face coulent, tombent à pic, me trouvent mal polie ou prétentieuse et se noient, ne recommencent pas, plus jamais ou alors bien après. Je ne sais pas, je suis gênée, pudique, virtuose de la débâcle.
Je pars donc à l'étage en le laissant choir là et à l'entrée.

La débâcle fut permise par l'arrivée de Camille suivie d'autres. Très bien. Puis le téléphone de Julia sonna par trois fois. Margaux ou un tiers. Julia veilla simplement mille et une fois à garder sa sœur très muette accrochée à ses jolies baskets et aux packs d'eau, bière et autres victuailles diverses et variées qu'il fallait bien ranger en haut ou en bas, en saluant ponctuellement les nouveaux arrivants. Trois heures après, ils étaient environ une bonne douzaine ou cinq lits doubles à draps blancs avec des valises à leurs pieds.

C'est au moment de sortir le bon nombre de verres adaptés à chacun et donc de visualiser avec précision l'ensemble des convives qu'elle considéra enfin à nouveau notre Michel adossé à une porte et en grande discussion. Michel Veillon ou Michel Vaillant, elle avait un doute maintenant. Un pilote. Ou non. *Un Homme et une femme*. Ou *L'Amour à la bouche*. Lelouch ou Kikoïne. Un doute. Elle demanda alors rapidement à Jean Graton, qui venait de faire son entrée dans le salon après avoir passé l'après-midi dans la grange, si le nom de famille de son héros tenait au superflu ou s'il était choisi. Il ne sut évidemment que répondre, alors, quand arriva son tour, celui de Michel Veillon, le vrai, l'autre est un dessin bien évidemment, elle eut envie de lui

Lucile et Spartacus

tendre un verre et se demanda si le « *Vous êtes encore là ?* » était la bonne phrase et si Claude Lelouch l'aurait retenue.

Sans réponse de sa tête, ou du moins, sans réponse convenable pour ses lèvres car Claude Lelouch n'était point ici, Kikoïne encore moins, elle dit alors simplement :

- Vous préférez du rouge ou du blanc... Sinon on peut ouvrir du champagne Monsieur Veillon ! Mais c'est du très bon je vous préviens... Je viens aussi à l'instant de remonter un Chardonnay 2007.

- Vous m'offrez un verre alors ?

- Oui.

En disant cela, il a les yeux qui pétillent. Elle le voit et elle adore. Lelouch aurait adoré. Kikoïne aussi certainement. Nous ressortons machinalement et simultanément l'ensemble de la palette rouge vif du Kamasutra qui dormait sur la table. Nous nous excusons auprès de Jean Graton de nos idées sous la ceinture toujours trop plébéiennes, il ne nous en tient pas rigueur évidemment. Nous vérifions les alentours nous aussi : ni Kikoïne ni Lelouch ne semblent conviés. Seul Jean et moi sommes invités ce soir. Jean nous regarde. Jean est d'accord. Julia et Michel ne se soucient donc aucunement de nos idées qui ne sont pas les leurs. Ils trinquent. Nous notons brièvement ce style amphigourique de nos deux personnages compères et descendons chercher du *très bon* dans la cave en compagnie de Jean qui souhaite prendre un verre lui aussi. Nous nous enivrons tous deux le reste de la soirée, nous prenons un plaisir démesuré à aimer haïr les montres, les volets, les gens pressés, les défaites anodines, nous utilisons même des mots crus quand il nous prend par derrière.

J'ai un peu mal aux bras voire même au dos. Et ces gens, bien que très directifs avec moi depuis trois heures, sont quand même très sympathiques, sinon je ne serais pas resté. Ils ont tous trente-cinq années environ. Ils se connaissent très bien mais doivent se voir peu et ont donc besoin de beaucoup parler. De beaucoup raconter plutôt, d'utiliser au mieux le temps imparti, ça se sent. Certains sont mariés, d'autres ont des enfants mais absents, d'autres sont seuls. Ils ont réussi dans des voies différentes mais réussi quand même, leurs soucis sont ceux des privilégiés même si ce ne sont pas les plus tendres, ils semblent conscients de ce bien-être matériel. Ils se sont réalisés ce qui leur donne le droit d'être légers aujourd'hui, du moins pour ce soir et à ce moment-là. Ce doivent être des amis, des amis d'enfance certainement. Elle a aussi sa sœur là-bas vers le vaisselier, elle lui ressemble beaucoup mais n'ose pas s'approcher de moi. Elle me dévisage depuis le début. Sa sœur s'appelle Victoire.

Et Julia repasse devant moi en me frôlant la main. Julia vole de discussion en discussion. J'ai envie de l'aider à couper le pain, à servir les verrines, les amuse-bouches et le vin, mais je ne peux pas, je suis un invité off, je n'ai pas les clefs de la maison et je ne saurais même pas trouver un couteau. Je la trouve charmante et touchante. Peut-être un peu trop. C'est l'effet Chardonnay numéro trois. Il n'est que vingt heures. Je me sens plus vaillant que jamais. Je me sens plus tremblant que jamais. Qu'est-ce que je fais là d'ailleurs. J'ai une maison, un foyer, je n'ai aucunement pour ambition de me faire adopter ce soir par une tribu de trentenaires qui boivent des vins millésimés.

- Vous venez, je veux vous montrer quelque chose.

Elle ne me prend pas par la main mais c'est tout comme. Je laisse mes ambitions de côté et nous descendons tous deux dans la cave.

- Je suis désolée, je n'avais pas vraiment vu que vous étiez resté.

- Pas vraiment ?

- Enfin si, un peu. Un peu vraiment. Surtout quand on s'est croisés à l'étage et que vous nous aidiez à porter les bagages.

- Ah, quand même. Et voulez-vous que je parte maintenant ? Maintenant que vous avez vu que j'étais resté ?

- Disons que, sans vouloir vous blesser, vous êtes l'intrus ce soir, voyez-vous…

- Très bien, oui, je vois très bien en effet. C'est très gentil à vous de m'avoir accueilli de la sorte. Et le vin était délicieux. Je vais saluer Camille et vous laisser entre amis. Ne vous tracassez pas. C'était très sympathique.

- Non, non ne partez pas. Ce n'est pas exactement ce que je voulais dire.

- Et vous vouliez dire quoi exactement ?

- Que je suis contente.

- Vous êtes contente ?

- Oui, très contente que vous soyez là. C'est juste que ce n'est pas normal voilà tout. Pas normal que vous soyez là, pas normal que je sois contente, les deux en fait. Et qu'il faut vous attendre à maintes questions là-haut.

Il me regarde. Je viens de penser à voix haute. Et il me regarde sans répondre. J'entends des murmures haletants étouffés derrière l'étagère, j'ai une terrible envie de sexe avec lui. Il ne dit toujours rien. Je suis toujours virtuellement mise à nue, avec son *sympathique* qui raisonne dans ma tête. A-t-il autant envie que moi et pourquoi ne me prend-il pas par derrière. Un ange passe puis deux. Je n'attends pas le troisième et me résous enfin à prendre son silence pour ce qu'il est : un silence.

- Il faut remonter, sinon moi aussi on va me poser des questions à la con.

- Effectivement, ce ne serait pas sympathique.

Et de deux, en vingt secondes. Bravo : j'ai dégoté le champion du monde asexué des mots insipides. *Sympathique* ne veut rien dire. Ce n'est ni bien, ni nul, c'est ce que je déteste : tiède ou plutôt *sympathique*. C'est un mot-meuble non-bougeable, il est trop lourd ce mot et pourtant, même au centre d'une pièce personne ne le voit. Et vous, sinon, vous restez ou pas avec vos mots-meubles réchauffés ? Mais bien sûr, je n'ai rien dit rien, j'ai rhabillé mes pensées, et j'ai inventé sur l'instant le sympathique et vexé en silence. Moins tiède, plus secret. Puis, on est remontés, moi devant lui et lui derrière moi, avec trois bouteilles prises au hasard. Je pense qu'il va rester ou partir. Je pense que j'ai envie qu'il reste. Je pense que je viens de me cacher pour lui parler. Et je pense que ma sœur l'a vu. Je pense que je m'en tape aussi. Nous sommes arrivés dans la cuisine, il a foncé sur Camille, juste avant il s'est retourné face au vaisselier pour demander à ma sœur de se pousser avec une aisance folle. Il a choisi le bon tiroir pour sortir le tire-bouchon en cep de vigne de Papy et a ouvert la bouteille en lançant de loin à Camille :

-     Je vous ressers ?

Je suis trop loin, je n'entends pas ce qu'il dit, mais il reste c'est sûr, ça se voit. Dans ma tête c'est Noël. Je ne comprends pas. Je lève les yeux aux ciels. Je me sers un verre en solo. Camille me tape sur l'épaule pour trinquer. On éclate de rire et on ose enfin monter le volume. C'est le moment. J'ai envie de danser et de remettre la musique. Je me souviens de *Un Homme et une femme* à nouveau et sans savoir pourquoi je pense à Pierre Barouh, alors je remets la musique.

J'ai passé la soirée à discuter de port en port avec les douze apôtres.

J'ai décidé de rester quand j'ai trouvé le tire-bouchon du premier coup, c'était un signe. Julia m'avait interrogé par sa justesse dans la cave. Alors je suis resté.

Après j'ai parlé. Ils ont même fini par me tutoyer et plus rapidement que prévu. La musique était forte. Les filles ont dansé. Elles ont disparu avec une bouteille de téquila, dans la cuisine. Julia est revenue une heure après, pour attraper ses cigarettes. Mais la porte de ladite cuisine est restée fermée.

Passé une certaine heure, j'ai même fumé. Dedans. C'était fabuleux. De fumer, oui, ça m'arrive encore parfois, mais dedans, c'était exceptionnel. J'ai discuté, raconté expliqué, c'était très bien, voire même sympathique. Quand j'ai accepté la première cigarette, elle s'est posée là, comme une virgule sur ce moment parfait et surtout dedans. Je me demandais ce qu'il en serait du point. J'ai pensé à Pierre Barouh, elles ont remis la musique.

La porte de la cuisine est restée fermée. Je n'attendais qu'une chose c'était qu'un des garçons ose pénétrer dans le fief pour m'y glisser à mon tour. Passer de l'invité off à l'invité on en quelque sorte. Le miracle a eu lieu vers deux heures du matin. C'est un des convives masculins qui est parti en éclaireur. Un autre l'a suivi et je me suis décidé.

C'est difficile d'expliquer ce que j'ai ressenti. Julia était plus que belle. Quand j'ai regardé ma montre, il était bien trop tard ou plutôt bien trop tôt. À ce moment-là, une jeune femme prénommée Margaux a souhaité s'éclipser. Ensuite, s'en est suivi le ballet des bonnes nuits à une vitesse effarante. En moins de deux minutes, je me suis alors retrouvé seul face à Julia. Julia qui ramassait les derniers verres et vidait les derniers cendriers. Elle était toujours plus que belle. J'avais envie d'appeler Jean-Louis Trintignant.

-   Avez-vous remarqué que j'étais toujours là ?

-   Oui et que je vous vouvoie toujours aussi !

Nous remontons à cet instant-là. Nous attrapons cette phrase badine en plein vol. Très bien.

- Pourquoi ça vous fait rire ?

- Parce que c'est drôle ! non ?

- J'ai bu, un peu trop bu je crois. Auriez-vous...

- Moi aussi, j'ai trop bu.

- Un morceau de canapé ou... enfin...

- Non.

- Ah...

Il attrape sa veste et cherche son portable pour appeler un taxi, mais ne le trouve pas. Elle lance alors avant qu'il ne la menace de le faire sonner :

- On peut, peut-être, essayer de construire un lit très rapidement avec les bûches qui restent sous la cheminée ?

Il ne répond pas. Il la regarde. Il la fixe. Il l'oppresse presque. Même ses paupières se sont passé le mot, elles ne clignent plus. Il ressemble à un acteur connu.

- Sinon, dit-elle, il y a un lit déjà monté au premier, c'est le mien. Il reste donc une place.

Il baisse les yeux et fixe un angle, un coin, ou un truc qui ressemble à un coin ou un angle et qui ne sert à rien d'autre qu'à pouvoir penser en paix, je connais bien cette méthode pense Julia, c'est aussi la mienne. Puis, en un éclair, ses yeux lâchent le coin et reviennent dans les miens.

-    Oui, je veux bien prendre la place vide dit-il.

Quand je suis rentré dans sa chambre, je n'ai vu que le lit, immense et blanc. Puis Degas. Une reproduction. Quelques traits noirs au fusain continus, épurés sur fond blanc. La limpidité époustouflante du geste précis maîtrisé qui dessine une silhouette de femme nue couchée sur le flanc, en un trait, la tête en arrière et la main dans les cheveux. Degas et moi sommes restés plusieurs secondes face à face. Puis ses pas dans l'escalier m'ont hâté pour ôter quelques-uns de mes vêtements et moi aussi me retourner sur le flanc, éteindre la lumière juste avant qu'elle ne pénètre à son tour dans sa chambre.

Elle est rentrée à pas feutrés comme pour ne pas déranger. Je me suis demandé si elle était nue. J'ai entendu le poids de ses vêtements tomber sur le sol. J'ai analysé le bruit avec minutie, comme si les décibels du parquet pouvaient me permettre, avec certitude, de savoir quels vêtements elle avait décidé d'ôter. Je me suis dit que j'étais très idiot et me suis promis de ne plus boire autant, surtout chez elle. Puis, elle a rompu le silence à voix basse.

-   Vous dormez ?

-   Non

- La lumière bleue sur la table de nuit, c'est votre téléphone ?

- Oui. Ça vous dérange ?

- Oui.

- Je l'éteins alors.

- Oui

- Pouvez-vous positionner votre réveil pour neuf heures ?

- Non.

- Non ?

- Non car je n'en ai pas de réveil. De réveil, je n'en ai pas et il n'y a pas de volets non plus, vous verrez Monsieur Veillon, c'est très efficace.

Quelques secondes passent. Michel Veillon et Julia Seural ne dorment toujours pas. Nous non plus. Elle réfléchit, lui se considère comme l'homme le plus stupide du monde, nous, nous regardons Françoise. Elle sourit tant et plus. Nous sommes perdus et repensons aux minutes bienheureuses dans la cave avec Jean. Au bout de sa réflexion, Julia décide alors de rompre le silence pour la terminer avec lui. Ah quand même ! nous rassurons-nous.

- C'est la première fois vous savez.

Pourquoi dit-elle donc ceci ! Quelle mauvaise phrase !

- La première fois que quoi ?

Lui ne vaut pas mieux qu'elle !

- Que je dors avec un homme que je vouvoie.

Ben voyons !

- Moi aussi. Enfin, une femme que je vouvoie.

- J'avais compris, alors bonne nuit.

- Bonne nuit.

Nous claquons la porte en silence et déçus, bien obligés aussi de constater que notre seul pouvoir réside désormais à prendre des notes. Ce n'est pas grave, c'était un risque encouru, celui de haïr les montres, les volets, les gens pressés, les défaites anodines et de le faire juste pour voir. Nous ne sommes pas Lelouch et encore moins Kikoïne songeons-nous… et puis… cette nuit-là, les éléphants sont trop proches, ils viennent de passer les Pyrénées. Le patriarche mène la harde et le patriarche accélère, Françoise sourit trop. Ceci est plus grave, ceci nous inquiète, nous décidons de les veiller et de le faire toute la nuit mais en bas, au salon, devant la cheminée, face à la porte d'entrée. Et puis… dans aucun film… ni Kikoïne ni Lelouch n'a jamais vu d'éléphants, nous ne devons pas l'oublier, nous doutons donc beaucoup maintenant, mais ce doit être normal.

Après ça, j'ai oublié mes idées trop idiotes et j'ai eu une envie folle de me retourner pour lui faire l'amour toute la nuit à la deuxième personne du pluriel. Le désir m'a presque fait mal. Je ne comprenais pas. Je me suis endormi aussi. Plusieurs fois et très mal. Mais endormi quand même. Au final, même ses cheveux, je ne les ai pas effleurés. Je ne comprends pas.

Je n'ai pas dormi ou alors très peu. J'ai failli le toucher mille fois mais me suis retenue mille et une fois, en somme, juste ce qu'il fallait. Seule ma respiration m'a peut-être trahie. Parfois. Mais je ne pense pas non plus, car lui s'est endormi promptement.

Il faisait encore nuit quand mes yeux se sont ouverts. Il devait être six heures tout au plus. Un mal de crâne affreux m'a redonné la mémoire. J'ai tout de suite vérifié s'il était encore là. Il était là. Le mal de crâne affreux est passé quand je l'ai vu. Il dormait encore à poings fermés. Il était toujours là. J'ai hésité puis j'ai pris le parti de me lever pour m'assoir de l'autre côté du lit, le sien, enfin, juste pour cette nuit. Puis j'ai pris le temps de regarder son visage. Je l'ai trouvé différent ce visage. Atypique, anguleux, aux traits fins, si fins. Et puis, il y a ses cheveux en bataille, et un peu plus noirs que prévus dans la version d'origine mal observée sans doute. Il a l'air serein quand il dort. Et même presque coloré. Pour la mille et unième fois, ma main m'a suppliée. Alors, parce que c'était le matin, parce qu'il dormait et parce qu'il ne le saurait pas, je l'ai laissée effleurer sa joue droite. Elle a eu envie de glisser sur sa nuque ou de se perdre dans ses cheveux ou les deux ou bien plus. Mais je l'ai arrêtée de suite, elle allait le réveiller. J'ai soupiré en silence et me suis dit que là, maintenant, si ses yeux d'aigle s'étaient ouverts je l'aurais certainement embrassé. Après cet acte manqué, je suis descendue petit-déjeuner en le laissant choir là, dans mon lit encore tiède.

Quand j'ai entrouvert les yeux, elle était dans l'encadrement de la porte. Elle n'est pas entrée mais m'a dit qu'il était l'heure, qu'il ne fallait pas faire de bruit et que les autres dormaient encore. Puis, sans attendre ma réponse, elle a tourné les talons.

Il faisait déjà jour dans la chambre inondée de soleil. J'ai dû attendre quelques secondes pour pouvoir ouvrir les yeux sans qu'ils ne me brûlent et accepter la lumière. Pas de volets, c'était donc vrai. En me levant trop vite, j'ai eu la tête qui tourne et j'ai renversé un cadre. Merde. Je me suis empressé de le reposer à la hâte sur l'étagère d'où il était tombé. Il y avait un vieux livre derrière, pas étonnant qu'il soit tombé. Rassuré de n'avoir rien cassé, j'ai enfilé mon jeans, jeté un dernier regard à la chambre et suis descendu en rallumant mon portable. J'ai cru sentir sous mes pieds le parquet trembler.

Arrivé dans la cuisine, Julia et Victoire se sont tues pour me saluer.

- Eh bien, les sœurs Seural sont matinales on dirait ?

- Oui.

- Vous avez senti ?

- Non a répondu Victoire.

- Oui a acquiescé Julia.

- Senti quoi ?

- Je ne sais pas. Comme un tremblement de terre ai-je hésité.

- Oui comme un tremblement de terre m'a-t-elle répondu et Victoire, elle, n'a rien dit.

Je suis sorti pour appeler ma femme et lui résumer cette fin de soirée non prévue. Je l'avais eue vers vingt heures. Elle était très étonnée que je sois resté chez Julia. Très étonnée. Pas inquiète. Elle m'a simplement dit de faire attention sur la route car j'avais la voix très fatiguée. Ce n'était pas grave si on arrivait en retard à notre déjeuner. Elle n'avait pas tort pour la voix et le retard. Pour les détails, j'ai juste changé la couche de Julia en canapé. Parce qu'elle n'aurait pas compris et qu'elle se serait inquiétée pour rien. Elle n'était pas inquiète. J'ai pris le temps de petit-déjeuner avec elles deux. Personne d'autre ne s'est réveillé et la terre n'a pas tremblé à nouveau. Je me suis douché rapidement, arrivé sur le seuil, j'ai salué Victoire, puis Julia en les remerciant.

Suite à une brève halte nécessaire, le patriarche donna l'ordre de reprendre la marche et d'accélérer la cadence, très conscient qu'un mouvement du sol serait certainement enregistré non loin de là et d'une magnitude exponentielle aussi intense que brève.

L'Automne

Le premier jour de l'automne fut un jour mort. La journée commença vers treize heures pour la plupart, et le petit-déjeuner fut snobé par un brunch royal pour la majorité. Des alcools forts aux plus faibles, personne n'osa proposer, ni prononcer un seul d'entre eux. Monsieur De Betaïne, Citrate de son doux prénom, retrouva tous ses galons et eut même une place de choix au centre de la table en compagnie des diverses eaux plates et sodas que pouvait proposer la maison. L'après-midi défila à une vitesse folle rythmée par des thés, cafés, tisanes et tous les breuvages chauds non alcoolisés du vaisselier de la grand-mère de Julia. La bouilloire connut elle aussi cette après-midi-là son heure de gloire. Dans la maison, des petits groupes de trois ou quatre personnes se formaient, puis se déformaient au gré des discussions. Progressivement, les valises descendirent pour regagner les voitures. Les jeunes parents d'abord, les autres ensuite.

Nous fîmes le guet toute la journée, nous interdisant la moindre sieste. Nous attendions. Françoise souriait. Julia réfléchissait. Lelouch et Kikoïne n'était toujours pas revenus.

-   Qu'est-ce que tu fais ? demanda-t-elle à Camille.

-   Eh bien je rentre, répondit Camille.

- Tu ne veux pas rester, ce soir ?

- Ce soir ?

- Oui.

- Pourquoi ?

- Comme ça.

Et Camille resta très tard. Et après son départ, Julia resta encore un peu plus tard, côté cheminée, le nez dans sa bibliothèque, impassible. Nous la regardâmes et la trouvâmes touchante. Puis elle s'anima enfin et choisit quelques tomes avec le plus grand soin, se recula, soupira, puis finit par rafler l'ensemble des tomes qui lui manquaient. Elle avait choisi Thorgal. L'intégrale. Très bien. Nous la regardâmes et la trouvâmes touchante à nouveau. Ensuite, elle fit méticuleusement une pile immense puis se releva pour regagner sa chambre. Sa tête dépassait à peine quand elle gravit les vingt-trois marches qui la menaient à sa chambre. En poussant la porte, elle s'appliqua à ne surtout pas perdre l'équilibre pour s'affaler comme une crêpe sur le parquet avec ses vingt-et-un recueils, cette idée la fit sourire...

Ce soir, Julia souhaite donc vraisemblablement relire l'intégrale de Thorgal, ça lui semble vital et détendant certainement, même si ce n'est guère réaliste, nous en convenons. Car elle a envie. Elle a très envie de s'envelopper dans une bulle imaginaire de légendes Viking aux dessins pointus, sa version à elle du sitcom mais en moins trash. Tout est normal. Très bien. Elle s'installe donc et observe chacune des couvertures avec minutie. La maison se plonge alors dans un calme abyssal.

Julia sursaute. Nous bondissons. Un bruit dans la cour ? Thorgal tombe. *L'Enfant des étoiles* exactement, nous le lirons plus tard, c'est aussi notre tome favori, mais restons concentrés. Avec ses yeux, Julia bute alors sur Françoise en ramassant Thorgal et ses étoiles, elle lâche Thorgal, empoigne le cadre à deux mains et observe Françoise Sagan attentivement ; lui sourit ; et, par hasard ou parce que le sol tressaute à nouveau à cet endroit précis uniquement, elle en est presque certaine ; nous aussi ; enfin, rien n'est certain non plus, sauf le fait qu'à cet instant-là, elle n'hésite pas, lâche enfin la photographie de Sagan, la repose précautionneusement sur l'étagère à la tête de son lit, puis lentement, attrape *La Chamade* et lui caresse la tranche. Le sol ne bouge plus.

La lecture dura toute la nuit.
Françoise fermait les yeux.
Julia lisait.

Dans *L'Enfant des étoiles,* Tjahzi raccompagna doucement le jeune Thorgal, ils firent le voyage initiatique pendant la nuit aussi, et au petit matin tous deux étaient passés de l'autre côté. Nous refermâmes la bande dessinée. Julia dormait. Françoise souriait. Dans la maison il s'était à l'évidence produit quelque chose. Notre courage légendaire et notre capacité à prendre des notes nous permirent de rester confinés dans la chambre pour la nuit en tremblant bien un peu et en souhaitant presque que Kikoïne ou Lelouch vinrent cogner à la porte...

Cette nuit-là, Julia dormit jusqu'à midi. Nous, nous ne dormîmes pas. Au réveil, elle en fut surprise, d'avoir dormi jusqu'à midi, nous point du tout. Le téléphone sonna par deux fois. Quand elle décrocha, il y eut un blanc, puis un mot et une voix :

- Julia

- Oui.

- C'est Michel. Puis-je venir vous rendre visite aujourd'hui ?

Nous la laissâmes bavarder et inspectâmes les lieux timidement, les étages d'abord, puis le rez-de-chaussée ensuite, rien. La cave. Rien. Le grenier. Non plus. Nous fûmes circonspects mais pas rassurés pour autant. L'heure suivante, nous attendîmes qu'ils arrivent, en fumant.

Michel arriva vers treize heures. Pour notre part, nous en étions à inspecter les combles dans les moindres recoins. Quand il descendit de la voiture, perchés dans nos combles et de loin, nous lui trouvâmes un air de Jean-Louis Trintignant. Son téléphone sonna. Il vérifia le numéro et une fois n'est pas coutume, il décida de planter là son portable, son réseau, ses mails. C'était surprenant. Même sa montre lui semblait lourde elle aussi. Il faisait chaud, un peu trop, comme au début de l'été... en fait, il faisait chaud comme en Afrique, c'était surprenant.

Quand il arriva devant l'entrée, il n'eut pas la peine de frapper. Julia, le nez collé derrière la vitre, s'empressa de lui ouvrir pour le rejoindre. Son empressement s'arrêta pourtant net en le voyant. Elle se sentit gauche et son envie de le saluer chaleureusement fut happée par une gêne indescriptible et sans aucun fondement rationnel. Ce qui, et pour la première fois de sa vie semblait-il, donna à Julia l'impression d'être désemparée en dix secondes sans y être préparée. S'évanouir, elle aurait adoré, ça lui aurait permis d'avoir une excuse au truc étrange qui venait de se déclencher et qui maintenant claquait dans sa poitrine à tout rompre, comme un métronome mal réglé. Merde se dit-elle, mais elle ne pipa mot. Elle repensa alors au mot, ou plutôt, à l'expression de ce trop vieux livre lu dans sa nuit, à la définition de cette putain d'expression qui était aussi dans le titre : « Battre la chamade ». Et sans dictionnaire, en le voyant simplement planté là devant elle, elle rajouta alors, pour elle seule à ses jurons intérieurs, une nouvelle définition plus probante pour tout le monde :

Battre la chamade :
Sens propre : se dit d'un instant où le cœur bat si fort qu'il va décrocher.
Sens figuré : se dit d'un instant où même avec mille et un éléphants en étau qui oppressent de toute part, la poitrine, elle, continue à vibrer, tranquillement, incontrôlable et de plus en plus fort.
Expression Syn. : émotion violente non mesurable, non maîtrisable. À ne pas confondre avec la peur même si les sensations, pour un novice, semblent très proches.
Enfin, et pour finir moment rare et précieux.

Extrait du précis inexistant encore de nos jours « La route des éléphants »

Michel, lui, se rendit compte aussitôt de la maladresse de son hôte. Il dut en quelques secondes ajuster ses envies de retrouvailles cordiales, à la distance demandée sur l'instant par Julia. Il faisait terriblement chaud aussi et il eut presque peur qu'elle ne s'évanouisse. Elle ne s'évanouit pas. Il se dit donc qu'il devait être différent, moins attirant, ou peut-être même trop vieux pour prétendre accéder aussi facilement à cette nouvelle amitié. Il entama alors une esquisse de conversation sans queue ni tête, oubliant le protocole obligatoire des envies partagées. Il se dit que maintenant qu'ils étaient en face, il fallait bien agir, ou plutôt parler. Ne rien dire serait suspect. Et puis, lui aussi son cœur s'emballait, il avait envie de partir ou de rester. Enfin il avait surtout envie, par rapport à il y avait dix minutes où il n'avait aucune envie.

Le premier virage négocié, Michel était perdu. Il ressemblait à Jean-Louis Trintignant, oui, mais en plein soleil et sans pluie. Julia, elle, était sûre. Elle ne ressemblait à personne de connu. Nous, nous continuions de chercher, dans la serre maintenant, nous souhaitions en effet inspecter le champ en dernier, c'était une idée de Jean, que nous tenions indubitablement très au courant de tout ça pour point qu'il ne s'inquiète trop.

Il faisait toujours excessivement chaud, et ils marchaient maintenant depuis plus d'une heure.

Nous en étions déjà au champ de Julia. L'inspection serait rapide. La grange était bien entendu vide, la serre et la cour aussi. Nous commencions donc à baisser la garde, et songions même à prendre une verveine mentholée pour faire un point rapide de la situation et reprendre nos calculs sûrement très erronés de distances ; la faute à la chaleur certainement. Michel Veillon quant à lui s'était changé rapidement quand il avait compris qu'elle avait décidé pour lui, d'aller se promener, avec lui. Il était suffisamment athlétique et sexuellement très attirant, nous l'avions guigné du coin de l'œil lors de son changement de toilette. Il avait regagné adroitement sa voiture une seconde après son arrivée pour improviser au mieux la tenue la plus adéquate, et ils étaient partis ainsi se promener comme nous étions restés pour chercher. Il ne pleuvait pas du tout, il faisait simplement terriblement chaud, vous l'avez bien compris.

L'après-midi filait, le soleil chauffait toujours et de plus en plus fort, et elle, elle lui posait maintenant des questions. Sur lui surtout. Il répondait mal mais il répondait. Pas directement et un peu à côté. Elle nota sa sensibilité, son sourire, son humour décalé, sa maladresse, sa vivacité d'esprit et sa manière de connaître beaucoup de choses sans trop oser le dire pour ne pas l'effrayer, sa justesse et surtout le mal qu'il se donnait à répondre un peu mais pas trop tout en répondant quand même. Ce qui lui plut le plus c'est qu'il ne se plaignait jamais. Plus le temps passait, plus il faisait chaud mais plus il regagnait aussi les couleurs qu'elle aimait et quittait celles qu'elle détestait : les nuances et variantes du gris *sympathique*. Il devait être quinze heures d'après Julia, et il portait déjà du rouge rosé sur les joues et du noir pétillant dans les prunelles de ses yeux.

- Alors vous traînez ?

- Non, j'arrive.

Nous sentons le sol trembler à nouveau. Plus. Trembler plus. La verveine mentholée nous échappe. C'est toute la maison qui tremble. Ils sont là alors ? Mais où ?

- On dirait bien que j'arrive à vous suivre même sans entraînement Julia.

- C'est surprenant en effet, vous m'étonnez une fois de plus.

- Une fois de plus ? C'est qu'il y en a eu d'autres alors ?

Julia se demanda alors comment faire. Le sol de France tremble en entier. Nous nous agrippons à la table. Julia peut décider de tout dire et de tout livrer sans paquet. Il lui plaît. C'est simple et efficace. Pourtant, elle hésite. La secousse continue. Il fait trop chaud. La magnitude augmente. La table tient. Cette table est une table efficace. Non loin d'être experte en *Mécanique du cœur* (s'il s'agit bien là d'une affaire de cœur comme elle le suppute ou d'une affaire de sexe comme nous le supputions au départ, mais nous sommes ici, pas là-bas, nous ne pouvons la guider, en plus, nous venons de nous arrimer à une table efficace, penser nous semble impossible, Julia, elle, pense, nous, nous nous accrochons en suant à grosses gouttes le nez dans la verveine mentholée) Julia projette que le cœur de Michel n'est pas cassé, que l'horlogerie reste bonne, et donc, que tout livrer, loin de l'emballer, va la ralentir gravement, et elle a envie de tout, sauf envie de la ralentir. Le seul risque qu'elle prend, se dit-elle, c'est de le prendre comme amant. Risque faible. Secousse permanente. Elle décide donc d'accélérer, de tester, de rentrer tête baissée dans le combat pour emballer l'horloge. Risque minuscule. Elle le fera pour elle, pour lui, et surtout pour ce qu'il y a maintenant autour d'eux et qu'elle voit de ses yeux et sent dans son corps : des éléphants axiomatiques, déterminés, assis en rang d'oignons sur le talus du chemin, qui ne bougent plus et attendent.

Nom de Dieu lâche-t-elle à voix basse. Kikoïne et Lelouch alors c'était du pipi de chat ! monologue-t-elle aussi. Nous sentons les monologues vous l'avez compris, nous avions oublié de vous le circonstancier en vous parlant de notre verveine mentholée. Pardon.

- Vous connaissez Mathias Malzieu ? s'enquit-elle en regardant le talus.

Le patriarche baisse la tête puis la relève.

- Non. Pourquoi donc cette question ?

Le patriarche baisse la tête à nouveau.

- Pour rien, Michel, pour rien.

Les mille et un éléphants en toile de fond ne bougent plus. Julia sûre d'elle continue. Nous, nous reprenons nos esprits dans la cuisine. La terre ne tremble plus. Ce calme soudain nous oppresse.

- Vous ne répondez pas, c'est qu'il y en a eu d'autres alors ?

La harde entière est prête à charger. Julia reste certaine. Le calme nous oppresse. Elle non.

- Non. Aucune autre fois. Je ne sais pas pourquoi j'ai lancé ça, pardonnez-moi.

Michel Veillon ne répond rien, il frôle le patriarche comme s'il s'agissait d'un chat sans poil et à trompe, et il se remet en mouvement. Il accélère. Il décroche par la droite pour longer le talus et filer lui aussi tête baissée mais cinq mètres devant, puis sept, puis dix toujours devant, ce qu'il considère alors comme une bonne distance de décalage.

À croire qu'il est aveugle, pense Julia ! Julia s'approche alors du patriarche, et lui caresse la nuque.

Michel Veillon rumine. Il a envie de rentrer et d'accélérer encore plus. Pour vérifier la distance, il se retourne régulièrement. Elle reste à dix mètres derrière et comme si de rien n'était, monologue-t-il, et elle n'a même pas compris qu'elle venait de me vexer terriblement ! Nous sentons terriblement bien les monologues c'est fabuleux !

Il se retourne, cet homme vexé beau comme un Dieu aux yeux d'aigle se retourne. Je kiffe. J'ai envie de lui. Alors je compte, un, deux, trois, quatre, cinq, six, sept huit, neuf, dix, il se retourne encore, un, deux, trois, quatre, cinq, six, sept huit, il se retourne à nouveau, un, deux, trois, quatre, cinq, six, sept huit, neuf, dix, onze, douze, treize, quatorze, Ah ! Revoilà ses yeux d'aigle plus tenaces. J'ai bien envie d'accélérer moi aussi mais j'attends. Dix secondes ses cheveux, sa nuque surtout, puis une seconde ses yeux. J'attends. Et surtout j'ai envie. J'ai envie que ma main aille se perdre dans ses cheveux, caresser la cambrure de sa nuque et découvrir enfin le goût de ses lèvres.

Julia continua de compter et le manège silencieux continua de tourner pendant plusieurs longues minutes divisées en périodes d'approximativement dix secondes. Les éléphants les suivirent sans faire aucun bruit. Nous trouvâmes ceci fort surprenant quand à distance, nous les vîmes tous arriver. Puis, près de la maison, Michel Veillon s'arrêta. Quand il entendit les pas de Julia Seural approcher, Michel Veillon se retourna, et le manège enfin put cesser, bloqué en plein milieu d'un tour, au moment où personne ne peut monter.

La maison entière, le sol et les murs, la courette, la grange, et le champ se mirent à trembler quand il commença à l'attraper par la taille d'un geste simple et assuré. Pas la version *Un Homme et une femme.* Une autre. Celle avec le soleil écrasant, l'automne accablant, les essuie-glaces bloqués et les éléphants qui s'agitent. Il accrocha d'abord sa main droite à la ceinture de Julia. Puis, il tira rapidement vers lui cette ceinture et sa hanche. La ceinture et la hanche, la gauche en premier, cédèrent. Surprises, elles se laissèrent guider. La droite bien entendu lâcha elle aussi pour suivre la gauche, elle était obligée. Le temps se figea là un instant, ceinture agrippée contre ceinture *agrippante*. Nous reprîmes nos esprits et comptâmes le nombre exact de pachydermes qui avaient entrepris la route. Beaucoup. Trop. Enormément. Ils prenaient tout l'espace. Le patriarche surtout affichait un charisme hors norme et une assurance déconcertante. Nous recherchâmes dans nos souvenirs antérieurs et passé et nous reconnûmes sans trop d'efforts ce majestueux patriarche déjà croisé lors d'un automne précédent. Nom de Dieu, Kikoïne et Lelouch alors c'était du pipi de chat ! nous dîmes en demandant à Jean de se hâter pour venir voir le cortège prestement.

Lui, Michel Veillon, sut garder ses yeux francs et vexés mais en tenant cette hanche vaincue d'une seule main et aussi solidement que s'il en avait eu dix. Il trouva alors cet instant délicieux car Julia et ses hanches restaient bien là, contre les siennes, étonnées, immobiles, en attente. L'instant d'après ou plutôt la seconde, comme le vent s'était lui aussi figé, il put sentir que ces hanches accolées devenaient pressantes, et que Julia lui répondait donc enfin par ses hanches à elle d'un oui franc et massif mais sans mot. Julia Seural rajouta alors le langage de sa main à celui de ses hanches en lui frôlant la nuque jusqu'au gris de ses cheveux.

À cette seconde-là Julia Seural se dit que tout ceci devait arriver parfois, mais dans des instants choisis, à la rareté aussi étrange que celle d'observer à la fin de l'automne un troupeau d'éléphants assis sur un chemin de terre en compagnie d'un aigle royal adossé à l'un d'eux.

Ils ne se dirent rien. Seul leur souffle changea. Le moment qui suivit, Julia eut la tête qui tourne et son cœur faillit exploser mais elle trouva ceci délicieux. Elle congédia le troupeau d'éléphants et son aigle dressé d'un revers de la main, nous en fûmes surpris, interloqués, déconcertés, décontenancés, ébahis. Nom de Dieu ! notre Julia semble dresser les éléphants Jean ! Nous en tombâmes dans les pommes, Jean, affolé, s'afféra alors à nous réanimer.

C'est à ce moment précis, sans éléphants, sans aigle et sans nous, que la chamade de Julia put se mettre à battre sans retenue. Car Julia n'avait presque plus peur, Julia était presque totalement d'accord et surtout Julia ne maîtrisait plus rien et c'était fabuleux. Elle a d'abord battu doucement, la chamade de Julia, comme pour vérifier. Et comme Julia tenait encore sur ses jambes et que son cœur s'emballait tant et plus vite, elle s'est mise doucement à battre plus fort. Julia choisit même de l'accompagner en musique avec un morceau en mémoire à ce moment-là dans son disque dur interne. Pas *Un Homme et une femme*. Autre chose. Les éléphants. Comme c'était merveilleux et qu'elle ne pouvait plus attendre, elle se dit alors qu'elle allait l'embrasser. Mais avant même que ses lèvres n'aient le droit d'obéir, les éléphants et l'aigle revinrent en force sans prévenir et sans avoir été invités. Françoise ferma les yeux. Julia Seural sentit les yeux d'aigle devenir plus pressants et son souffle progressivement se rapprocher, il vint s'accrocher au sien juste avant qu'il n'ose enfin. Comme on saute dans le vide, Michel Veillon toucha alors la peau de Julia Seural pour la première fois et de la manière la plus belle, en effleurant ses lèvres pendant de longues très longues minutes exquises et expertes. Le désir se mit alors à déborder. Plus ces lèvres la caressaient et plus le désir débordait. Les lèvres de Julia finirent par supplier Michel de les goûter vraiment. Ce furent ces lèvres consentantes et muettes qui leur permirent d'échanger ce baiser d'éléphant.

Le baiser d'éléphant : Baiser qui fait peur. Baiser envoûtant, animal où les langues se cherchent, se reconnaissent un peu trop puis se touchent, se rejoignent pour finir par se confondre et se mélanger avec bien trop d'audace à une heure anodine. C'est d'ailleurs ce que disent, de ces baisers-là, n'importe quels passants qui passent et ceci avec ou sans bancs publics associés.

Extrait du précis inexistant encore de nos jours « La route des éléphants »

Prévoyante et lucide, Julia Seural pensa alors qu'il faudrait par la suite faire très attention à ne jamais écorcher ce baiser merveilleux mais plutôt s'en souvenir pour le sublimer encore plus. Elle se dit qu'au XXIème siècle, ces instants paraissaient plutôt rares, la faute au truc du XXIème et à la disparition progressive du vocabulaire adapté. Ou dit autrement, la faute à la transformation radicale de « Chamade » en « Réseaux sociaux » dans tous les dictionnaires. Le choix multiple empêche le choix tout court se dit-elle. Elle trouva là une phrase pensée sur l'instant comme une réponse à ses aventures clandestines consommatrices à outrance d'origine *facebookienne* ou autres, carrément sympathiques c'est une évidence, mais aussi carrément pas pareilles. Julia se dit alors, en abandonnant une seconde le goût des lèvres de Michel, qu'il faudrait bien un jour repenser à cette idée et bien l'expliquer aux enfants de demain. Ils devraient se méfier des QCM et des castes pour choisir, ne jamais les tolérer ailleurs qu'à la faculté peut-être, car une sélection trop précise permanente semblait permettre trop facilement de passer à côté d'un troupeau d'éléphants. Pour voir. Que de faire les choses pour voir, était sûrement important. L'essentiel dans une chose essentielle est de la comprendre en entier et qu'importe le temps qu'on y passe et mince ! Il me coupe dans mon élan clairvoyant, ses lèvres reviennent, puis sa peau, sa bouche, ses yeux, et il y a une main aussi maintenant qui découvre la cambrure de mon dos. Pour voir. Voyons alors ! Je repenserai à tout ceci plus tard ...

Julia Seural se recula, il en fut étonné. Elle le regarda dans les yeux et lui dit en espérant en silence qu'il ne réponde rien :

- Ramène-moi des éléphants à chaque fois que tu viens et surtout, n'oublie pas ton aigle et son regard électrique.

Elle le prit par la main lui et ses yeux étonnés, enjamba avec précision les trois pierres invisibles qui la faisaient trébucher trop souvent, puis, d'un geste fluide mais le cœur mis à nu, elle ouvrit la porte de la maison de sa grand-mère.

Il sourit en se demandant comment apprendre à dresser des éléphants rapidement et si, par ici, à Jardiland ou ailleurs, il était de coutume de vendre parfois des aigles à bon prix à un amant précis ? Mais surtout, il ne répondit rien. Il ne pensait maintenant plus qu'à une chose, l'accrocher à sa taille pour monter un étage.

Il partit le lendemain vers huit heures, lui promit de ramener des éléphants et un aigle au regard électrique, puis il s'en alla.

Nous nous réveillâmes aussi sensiblement à cette heure-là, constatâmes, effarés, le silence d'une part et que les éléphants s'étaient bel et bien installés ici dans la nuit. Nous partîmes chercher quelques bottes de foin rapidement dans un pré attenant pour les aider à installer la meilleure couche durable qui soit car, après quelques minutes d'observations pointilleuses, ils nous semblèrent réellement dociles ces pachydermes, et heureux aussi. Le patriarche restait à part. C'était normal disait Jean, nous avions déjà observé ce phénomène lors de notre précédente étude.

Notre peur cessa.

Nous laissâmes aussi Julia reprendre ses esprits et partîmes nous-mêmes au plus pressé : acheter un calepin plus conséquent afin de tenir nos observations avec précision et rigueur ; en laissant Jean s'occuper, pour la journée, de la maintenance de la ménagerie avec rigueur lui aussi.

Avant de quitter la maison ce jour-là en chantonnant, nous saluâmes Françoise dans son cadre qui faisait sa toilette en chantant elle aussi. Kikoïne et Lelouch nous avaient laissé quelques messages que nous ne prîmes même pas la peine d'écouter évidemment, car tout ceci maintenant nous semblait bien inutile.

Michel Veillon enchaîna ce matin-là deux rendez-vous en pilotage automatique sans entrain mais sans casse et c'était bien là l'essentiel. À midi, il ne mangea pas, il fuma. La journée de travail terminée, il ne lui restait plus qu'à rentrer.

Il se laissait trois heures pour retrouver ses esprits. Depuis son départ, il oscillait. Il oscillait entre heureux et triste, entre malheureux et joyeux. C'était très bizarre. Il avait l'impression d'avoir déplacé trois montagnes en deux heures, certes, mais aussi d'avoir passé le bac avant-hier, très bien, et par la même occasion d'avoir croisé le regard de Judith. Devant la vitrine. Michel Veillon, ressentait les mêmes sensations que cette après-midi de juin, il y a très longtemps où, le bac terminé, Judith et lui s'étaient embrassés devant la boulangerie du quartier pour filer au vingt-deux s'embrasser à nouveau. Dix-huit ans trois quarts à presque cinquante ans se disait-il. Pathétique rajoutait-il. Excès de vitesse pour un pilote chevronné. Inutile aussi. C'était un constat, sincère et froid qu'il se faisait à lui-même en augmentant le volume de la radio comme si les sensations de la veille, du coup, allaient, elles aussi, s'estomper à vue d'œil plus le volume du son augmentait. Les essuie-glaces ne bougeaient pas. Ce jour-là, Michel Veillon, quarante-huit ans, entra donc sur l'autoroute, il passa la sixième les essuie-glaces bien figés, il repensa et mélangea la peau, les seins, les jambes, les yeux de Julia et sa cuisine blanc laqué, son rêve de toit-terrasse, sa femme Inès, les souvenirs de Judith et sa vie. Il ne lutta pas mais constata juste ses maux en silence et en payant l'autoroute. Il tapa alors violemment sur le volant une seule fois de sa main droite, fit une embardée qu'il rattrapa facilement. Très bien.

Quand il arriva chez lui, il trouva tout d'abord l'ascenseur trop raide, puis, face à face avec Inès, sa femme dans la cuisine, il se sentit ennuyé car il la sentit ennuyeuse, il la trouva sublime mais fade et triste elle aussi, un peu comme lui avant-hier.

Inès De Ris de son côté ne vit rien. Elle était dans son envie personnelle de partir rapidement pour rejoindre des amis au théâtre pour vingt heures, et dans son désir fabuleux de ne pas l'écouter pour rejoindre les De Bellay de retour de voyage seulement depuis hier. Il fallait qu'il n'oublie pas de ramasser la table avant d'aller se coucher, elle avait congédié Rosa depuis déjà trente minutes et, pour une fois, il pouvait bien faire un effort, elle le faisait bien elle, le mercredi, en rentrant et uniquement pour que Rosa puisse récupérer ses petits-fils à l'école. Puis Inès de Ris, avant de partir, lança son éternel « *qu'est-ce qu'il y a ?* ». Le « *qu'est-ce qu'il y a* » sans réponse et à un dos en costume noir. Mais contrairement à l'habitude donnée, ce soir-là, il se retourna, il la fusilla du regard sans la tuer et lui dit :

- Cet hiver, je ne pars pas.

- Tu ne pars pas où ?

- Le chalet. Le ski. Megève. Tu iras sans moi.

Surprise de la réponse au « *qu'est-ce qu'il y a ?* », et surtout parce qu'elle n'avait pas écouté la seconde partie de la réponse, elle posa les clefs et décida d'en lancer un autre, juste pour vérifier que ce soir-là, il y avait bien eu une réponse :

- Michel, qu'est-ce qu'il y a ?

- Rien, ça va.

Satisfaite de la seconde réponse cette fois-ci, elle regarda sa montre, reprit ses clefs et avança dans l'entrée. Au moment de partir, elle eut alors envie de se retourner pour lui lancer presque hésitante :

- Et ta journée au fait ?

Michel la trouva alors magnifique car sincère. Son manteau en cachemire chocolat, son nœud à la taille, son sac haute couture dans la main, c'était bien elle, sa femme, Inès, et elle attendait vraiment sa réponse. Elle était d'une beauté époustouflante. Elle voulait une réponse mais n'avait pourtant qu'une envie c'était partir et lui, la même envie, c'était qu'elle parte. Il trouva alors la situation cocasse. Après huit années de vie commune se dit-il les non-dits sont encore plus drôles, à la limite du pathétique. Alors, pour rester dans le ton et ne surtout pas faillir à la règle, il répondit en prenant le temps.

- Sympathique, c'était une journée sympathique, merci. Bonne soirée, je te trouve très jolie ce soir.

Elle sourit, ne répondit pas, claqua les talons et la porte.

Michel n'eut aucun souci pour répondre à la demande de la table rangée car finalement ce soir-là il ne mangea pas. Il fuma. Il eut un souci pour trouver le sommeil. Michel mélangeait ses pensées, comme sur l'autoroute tout à l'heure, la peau de Julia et le manteau en cachemire d'Inès tournoyaient dans sa tête et l'empêchaient vraiment maintenant de dormir. Il se releva vers une heure du matin et comme il ne dormait toujours pas et que son aigle insomniaque l'attendait dans la cuisine laquée, il se résolut à griffonner un message stupide, le plia soigneusement avant de charger l'aigle de le lui emmener au plus vite. Il cliqua sur *envoyer* puis reposa son portable au pied de son lit. Moins d'une minute après, il avait une réponse et, avant même de la lire, le truc recommença.

Il sentit tout d'abord le sol trembler puis les éléphants arriver et chahuter déjà dans sa poitrine. Il n'avait plus besoin de la lire. Il vérifia l'heure pour valider son hypothèse, et les éléphants s'entrechoquèrent encore plus et de plus en plus fort au moment où il constata à nouveau sur l'écran digital du réveil qu'il était bien une heure douze du matin exactement. Il refit alors le film simplement : Julia donc ce soir-là ne dormait pas elle non plus. Elle était donc dans sa chambre et avait donc choisi, une fois n'est pas coutume, de laisser traîner son téléphone sur sa table de nuit. Donc. Donc. Donc. Il laissa donc les éléphants battre dans sa poitrine à la vitesse qui leur convenait, leur installa donc un lit douillé à la place de sa femme, retrouva donc ses dix-huit ans trois quarts pour s'endormir l'instant d'après exténué par la nuit mais aussi par la journée finalement qu'il venait d'endurer.

Il était huit heures trois, il venait de partir.

Il est important de signaler aussi, que nous avons maintenant trouvé un bloc-notes suffisant, à bas prix en plus, et de grande marque, et que nous l'avons trouvé vers dix heures environ ce matin, ceci explique cela, ces notes et leur soudaine précision, c'est un détail pour vous mais nous, il nous causait du souci, bien du souci. Il est donc bien huit heures trois, Julia a les mains qui touchent le plafond, nous sommes dans le pré en train de récolter la paille pour la couche des bestioles, nous vous laissons avec elle. Nous avons du travail, la paille, puis le carnet adapté et Jean qui dort dans la cave depuis notre retour, épuisé de s'être trop afféré pendant notre absence.

Je me sens légère, heureuse et vidée. J'essaie désespérément de tendre mes bras le plus loin possible pour toucher le blanc du plafond de ma chambre de la pointe de mes dix doigts. Ça semble impossible pourtant j'y suis presque. Je tends les bras. Julia arbore un sourire de gladiatrice d'une sérénité déconcertante. Elle laisse finalement retomber ses bras sans retenue sur la couette encore chaude puis elle caresse la place vide de la paume de sa main et ferme les yeux pour mieux se rappeler. Ce n'est pas un instant mais une nuée d'instants qui lui reviennent en même temps avec mille éléphants trompettistes. Pour la première fois, elle ose se dire que cet homme est beau. D'une beauté insolente, inclassable, la finesse de ses traits oui, mais mélangée à quelque chose d'insaisissable, de caché, derrière le froid de son regard perçant. De très près, quand il s'est approché hier pour l'embrasser, elle a trouvé son regard saisissant, d'une profondeur presque grave mais d'une sensualité irrésistible. Par la suite, il a habilement su brûler les étapes avec une aisance si adroite, qu'elle s'est entendue le supplier d'arrêter plusieurs fois, juste pour qu'il n'arrête plus. Et que ses mains étaient douces. Il a passé un temps fou à découvrir chaque partie de son corps avec ses mains, puis sa bouche, puis ses yeux. Et que ses mains étaient douces. Elle lui a répondu toute la nuit comme on peut le faire à son âge, avec audace et envie, et avec son corps en entier. Et que ses mains étaient douces. Elle ouvrit les yeux pour reprendre le fil et attrapa avec assurance le cadre noir et blanc au profil de Sagan. Elle trouva que Françoise souriait ce matin, alors elle lui dit simplement :

J'ai vu les éléphants, j'ai senti le regard de l'aigle Madame, et avant- hier, j'ai même lu votre livre, Madame.

Puis, Julia Seural ferma les yeux, inspira profondément, fit remonter ses bras une dernière fois et toucha le plafond, trois centièmes de seconde peut-être, mais oui, ce matin-là, Julia Seural trente-trois ans fût sûre et certaine de toucher le plafond de la pointe de ses dix doigts de rêveuse. Françoise ne dit rien.

Quand Julia Seural descendit dans le salon les éléphants étaient là. Partout. Dans sa tête, sur sa peau, dans l'escalier, sur ses seins, entre ses jambes. Partout. Il était neuf heures trois d'après Jean. Elle ne pouvait les compter tellement ils étaient nombreux. Leurs barrissements étaient assourdissants. Un mot de Jocelyn Ambrossini l'attendait sur la table et sur le frigo, un autre mot, de Camille cette fois, et un quart d'heure plus tôt vraisemblablement « Appelle-moi ».

Je me suis fait couler un café long et une fois n'est pas coutume, j'ai eu envie de fumer le matin. Bizarre. Le patriarche m'a tendu une cigarette. J'avais descendu *La Chamade*. J'ai pris le temps. J'ai bu mon café et laissé ma cigarette se consumer dans le cendrier en relisant intégralement un passage. Un passage sexuel. Enfin, pour l'époque. J'ai disséqué la prose de Sagan comme on lit une recette et j'ai fini par fermer le bouquin un sourire en balafre au milieu du visage. Le patriarche n'a rien dit. Cette Lucile, l'héroïne de ce livre, me plaisait, il lui manquait simplement quelques éléphants. Le patriarche n'a rien dit. C'était peanuts quelques éléphants, et pas grave du tout. Elle était libre cette Lucile. Cette Lucile me plaisait. J'ai poussé un grand oui victorieux à tue-tête à personne, le patriarche n'a rien dit, j'ai attrapé mon blouson, je lui ai fait un clin d'œil et j'ai filé rassurer Roger sur mon absence du petit matin inhabituelle. Sur la route j'ai même pensé passer un bref coup de téléphone à Camille. Je serai sur messagerie, une technique fragile mais efficace quand on ne veut pas encore parler « *Salut c'est moi, j'ai vu ton mot alors je t'appelle, tout va bien* ». Ce qui voulait dire : « *J'ai fait l'amour avec lui et j'ai aimé ça* ».

J'ai passé mon coup de fil.

J'arrive chez Roger. J'ai beau chercher des clients : tous sont absents. Seule une table est occupée. Par une dame très âgée et qui ne lâche plus mon regard. Cette dame c'est Clémence Gaspard. Lui c'est Roger et moi c'est Julia. Je suis inquiète et émue, contente et triste. Pourquoi donc depuis hier mes choix s'enchaînent mal ou bien, enfin, finalement, s'enchaînent sans mon avis. C'est la première fois de ma vie que je passe à cette heure-là et, à cette heure-là, elle est là. Alors, je me décide à rester,

Pour voir.

Julia Seural est dans le café. Nous avons notre carnet. Bien évidemment, nous nous doutions que Clémence serait là. C'est un peu pour cette raison que nous nous sommes tant dépêchés de soigner les pachydermes comme il se devait ce matin, et de nous affairer pour rentrer à temps avec un outil suffisant. Laissons-les donc converser,

Pour voir.

J'attends trois secondes avant de lui répondre et c'est déjà beaucoup car je n'en ai pas l'air mais les éléphants sont toujours là. J'en cache au moins dix sous mon blouson et je lutte tant et plus.

Nous prenons note dès lors, sur cette capacité pachydermique non inquiétante de réduction physique instantanée à la demande des éléphants de Julia Seural. Ce phénomène est déjà connu et obligatoire aussi dans les cas comme celui-ci. Dans le précis en construction, il est noté qu'il permet simplement la discrétion mais n'exclut aucunement les sensations. Parfait.

Déjà en planquer un c'est compliqué, mais dix c'est excessivement difficile Roger, tu comprends ? Non tu ne comprends pas. Je suis bête, tu ne sais pas toi, que ce matin, je ne suis pas venue seule mais avec mes pachydermes en visite officielle depuis hier et qu'ils ne se cassent plus. Pourquoi dit-on une mémoire d'éléphant d'ailleurs ? Un entêtement d'éléphant oui. Ces bestioles sont tenaces, il va falloir que je m'y habitue et que j'achète une veste bien plus grande si le pilote décide de repasser un jour boire un café. Et c'est reparti ! Rien qu'à l'idée qu'il repasse, il y en a dix autres qui viennent d'arriver de nulle part. Non les gars, c'est complet là, et surtout ça va finir par se voir sous mon blouson, un peu de tenue tout de même ! Je vais avoir l'air stupide si je dois m'expliquer. Personne ne me croirait sauf Lelouch et ses scénarii difficiles. Lelouch n'est pas là, Trintignant non plus, pas de pilote aujourd'hui, seulement trois millions d'éléphants sous ma veste. Merde !

- Julia ! Viens donc t'asseoir à côté de moi !

Clémence Gaspard entre en scène. C'est elle qui vient de parler. Nous lâchons notre carnet. Nous sommes heureux, bien, rassurés, satisfaits et confiants. Jean nous prend la main.

Le fait qu'elle me tutoie ne m'a pas surprise. C'est comme ça, c'est la coutume : elle est plus vieille, alors elle me tutoie. Elle m'a fait sauter sur ses genoux, il y a bien longtemps, je le sais. Elle me connaît, je le sais aussi, alors que moi je ne la connais pas aussi bien. Ça aussi, connaître les histoires, c'est une coutume des vieux enfin... des personnes trop âgées. Les vieux dans les villages ont des dossiers. Clémence Gaspard a des dossiers. C'est son âge qui veut ça. Le tutoiement à la campagne, c'est un peu comme un échange de bons procédés, il me permet à moi d'être toujours bien considérée comme l'enfant du pays, et à elle d'être bien reconnue comme une autre du pays, mais bien plus sage que moi.

- Tu te souviens de moi ? Dis...quand même ?

- Oui Madame Gaspard, bien sûr que je me souviens de vous. Enfin. Un peu. Mais c'était il y a très longtemps.

- Je sais, je sais. Ce devait être chez ta grand-mère. Tu te souviens quand même de moi dis ? Allez va, ne sois pas gênée comme ça... Et tu me connais moins que je te connais petite... Et c'est bien normal aussi, dis !

- Je sais.

- Travailles-tu donc tout le temps ? Tu ne viens jamais me voir aussi ! Ça, ce n'est pas bien et c'est une chose que je voulais te dire ce matin.

- Mais, c'est que…

- Il fallait donc bien qu'on se trouve là toutes les deux aujourd'hui tu ne crois pas ? Dis Roger ! Amène donc un café pour Julia, tu veux bien Julia, hein ? Prendre un café avec moi ?

- Oui madame Gaspard, oui, je veux bien, merci.

Et j'ai quitté mon blouson en ramassant mes éléphants. Je suis restée car cette femme était capable d'endormir d'un coup une quinzaine d'éléphants alors que moi, depuis huit heures trois, cela m'était impossible.

Clémence et moi sommes restées plus d'une heure à parler. Je n'ai pas bu une seule goutte du café. J'ai répondu à ses interrogations en faisant très attention à ne pas l'ennuyer. Plus le temps avançait et plus je me disais que d'elle, finalement, je ne connaissais rien et j'en avais un peu honte. Un peu. Même beaucoup. Honte. Mais elle, impassible, elle continuait à me questionner sur moi, mes idées et ma vie d'aujourd'hui. Elle acquiesçait, se taisait, ou riait.

Clémence Gaspard lui sourit. Julia Seural parle. Nous observons. Clémence Gaspard a un regard malicieux, un regard qui pétille, une canne obligatoire pour porter son arthrose, un sourire permanent et des cheveux parfaitement trop bouclés. Julia Seural ne savait pas que les dames si vieilles pouvaient encore aller boire un café au café avec une canne seulement. Nous si. Maintenant elle le sait. Nous le savions déjà. Très bien. Nous décidons alors de vous dire que Clémence Gaspard est intelligente. Ça se voit et ça nous arrange aujourd'hui, notre planning était serré ce matin, vous l'avez bien compris, à cause de ce putain de carnet. Nous ne croyons pas aux contingences. Cette dame est beaucoup trop âgée, c'est vrai, et très intelligente, c'est vrai aussi. Elle a un côté maître Yoda, selon Julia, mais pas verte. Nous sommes d'accord avec notre Julia. Tiens, mais, elle a quel âge au juste ?

- Vous êtes née en quelle année Clémence ?

- Oh Julia ! Il y a bien trop longtemps pour toi !

- Si, dites-moi …

- 1921.

- Vous touchez les cent ans ?

- Oui, comme tu dis !

Clémence Gaspard dodeline de la tête en gardant son sourire.

- Allez, baste, arrête donc avec ces choses-là. As-tu mis ton repas pour midi ?

- …

- Paye Roger le temps que je me lève. Et viens avec moi, on le mettra toutes les deux, et chez moi. Tu m'aideras. On fera des frites. Allez va, pour une fois, ce sera toi et moi aujourd'hui. Que je suis contente, dis !

Pour me donner sa tirade, elle avait presque l'accent du midi, mais du midi qui chante, du midi des cuisses de grenouilles sauvages mélangé au patois des violettes, du midi de chez moi, du midi, de ma grand-mère qui me faisait des frites. Comment diable savait-elle ceci…

J'ai payé Roger et je l'ai suivie.

Clémence habite à dix pas du café de Roger. C'est ainsi. Dix pas. Vraiment dix pas, elle les a déjà comptés. Mais sa petite canne la porte très doucement, surtout si elle croise un regard connu et sur dix pas, elle en croisa dix. Du curé au boucher en passant par Victor cinq ans, un cartable à roulette et sa mère à vingt mètres qui l'appelle en hurlant pour ne pas qu'il traverse sans elle. Trop tard, il a traversé. Victor il s'en moque, pense Julia, il a raison Victor, car Victor a enregistré la combine. Au café, tout à l'heure, Clémence avait bien entendu déjà préparé la pièce dorée. La petite pièce file directement dans la poche du mouflet. Julia sourit. Ils doivent faire ça tous les jours, Clémence et Victor. Victor et Clémence, et sa mère s'égosille encore en remontant une poussette. Sa mère n'a rien compris. La première rencontre ça m'a fait rire, le curé, la seconde ça m'a touchée, Victor, la troisième ça m'a agacée, j'avais faim, alors la quatrième, je l'ai attrapée par le bras pour qu'on accélère jusqu'au neuf de sa rue. Elle s'est soudain dégagée gentiment pour que je desserre son bras et surtout me faire comprendre que la balade de dix mètres faisait elle aussi partie du voyage, enfin, du rituel, et que, si elle avait eu besoin d'un bras ce matin, elle ne serait pas sortie du tout. Alors, j'ai enquillé les six autres rencontres de trottoir qui venaient à elle avec un sourire sympathique et forcé. C'était très désagréable.

- Tu n'aimes pas faire semblant Julia dis !

- C'est que...

- C'est que rien du tout. Ta grand-mère était comme toi. Entre maintenant veux-tu.

Alors je suis entrée pour manger ses frites.

Ses frites étaient délicieuses. Beaucoup d'huile, pas de friteuse. Un fait-tout en fonte rien que pour ça. Et une espèce de passoire très bizarre capable de rester dans l'huile pour les faire dorer mais aussi les égoutter après, le tout sans se brûler. Tout ça, je connaissais déjà. À quelque chose près c'était bien les frites de ma grand-mère. Je n'en revenais pas. Les souvenirs revenaient. Tout était aussi dans la découpe, et même en m'entraînant plusieurs fois, moi, je n'y arrivais jamais. Ce doit être la friteuse. Il ne doit pas falloir de friteuse pour faire de bonnes frites. J'en ai repris trois fois. Elle l'a vu. En entrée, elle avait souhaité une salade verte avec une tomate et un œuf dur dans un saladier minuscule. Cette combine aussi je la connaissais. C'était l'entrée de semaine chez mamie. Je n'en revenais pas. Les souvenirs revenaient. De Mamie on n'a pas dit grand-chose. On a juste évoqué un moment difficile. Celui où elle avait perdu sa fille, ma mère, et le courage avec lequel elle avait fait face pour me maintenir. Me maintenir. Ce mot était moche, aussi moche que l'orée du bois, et ce mot était faux pour elle. Moi je n'avais pas d'idées là-dessus. Sur ce mot. Me maintenir. Me maintenir comment ? Enfant ? disait-elle, impossible ! rajoutait-elle en s'emportant presque, impossible, même à quatre ans vois-tu. Même à quatre ans. Que je reste normale alors, mais avec un vide essentiel en quelque sorte Clémence ? Non normale différemment disait-elle maintenant, avec un calme déconcertant. Normale différemment et mieux. Plus normale et plus vite que les autres vois-tu ? Je ne voyais pas. Maintenir n'était donc pas le bon mot mais on n'en trouva aucun autre, et ce n'était pas grave, et que je sois normale, finalement, n'était pas certain non plus avec ce que je cachais maintenant sous mon tee-shirt. C'est alors qu'elle m'a dit la phrase la plus importante de toute ma vie :

- Julia, personne jusqu'alors n'y est jamais arrivé.

- N'y est jamais arrivé à quoi ?

- À les dresser Julia voyons !

- À les dresser ?

- Tes éléphants.

- Mes éléphants ?

- Ceux que tu caches depuis tout à l'heure.

Nous étions heureux d'avoir devancé les choses de manière très professionnelle et d'avoir entre les mains un carnet suffisant. Par la suite Julia Seural cessa de parler puis elle eut presque un vertige. Elle se rattrapa à la table. Clémence Gaspard lui conseilla alors vivement de rentrer mais en lui faisant promettre de revenir bientôt. Julia lui promit. Nous en fûmes plus que satisfaits.

Dès ma sortie de chez elle, les éléphants sont revenus.

J'ai peiné pour rejoindre ma maison. C'était d'une violence extrême. Camille était déjà là. C'était d'une violence extrême. Pas de voir Camille, mais de la voir avec eux. Camille l'a vu de suite. Pas les éléphants, mais que j'étais différente. C'était d'une violence extrême. Pas que je sois différente mais que je doive les cacher. Quand je suis entrée dans ma chambre, ils étaient mille et même le sol tremblait. C'était d'une violence extrême mais aussi d'une plénitude fabuleuse qu'aucun autre instant de ma vie entière ne pouvait égaler.

- Julia, ça va ?

- Je ne sais pas trop. Assieds-toi s'il te plaît.

Elle s'est assise sur le rebord de mon lit, je devais certainement faire une drôle de tête pour qu'elle m'écoute comme ça en une fois.

- Ne t'inquiète pas, je vais tout te raconter.

- Quoi ?

J'ai chaud mais pourtant mes jambes tremblent. Les éléphants s'agitent. Pour moi, le temps s'arrête un instant, un instant peut-être assez long, je ne sais pas. Je reprends mon souffle. Mon souffle revient vite, alors j'ose enfin regarder le lit dans lequel j'ai passé ma nuit. Mon cœur bat à tout rompre. À tout rompre. Il bat la chamade. Je regarde Françoise, Françoise me sourit.

J'explique alors à Camille ce que je ne m'explique pas.

Après l'explication, il y eut un joli silence, pas trop long mais teinté d'énormément de respect de la part de Camille pour Julia et de la part de Julia pour Camille. Un peu comme une minute de silence sans besoin des morts associés, c'est l'ambiance que nous retenons et que nous vous offrons. Puis Camille rompit le silence avec sa voix très franche :

- Prends le temps de faire ta valise et de prendre une douche si tu veux. Ce soir je t'emmène dîner en ville. On sort.

- Et mes éléphants ?

- Tes éléphants n'existent pas.

- ...

- Eh bien alors ils suivront ! Sinon ce sont des cons !

Ensuite Camille est descendue, elle semblait un peu émue. Nous sommes bien entendu montés avec elles deux dans la voiture. À l'aller, elles n'ont finalement même pas parlé, elles ont remis la

157

musique. Les éléphants eux aussi étaient là, Julia les avaient laissés monter, tapis dans les coins, ils écoutaient la musique et souriaient sans broncher et contents. Nous avions l'impression que Julia et eux s'apprivoisaient. Eux ne devaient pas prendre trop de place et elle devait les garder secrets. Pas facile tout ça quand il s'agit de pachydermes sauvages songeait-elle en poussant la porte du restaurant et en repensant à la phrase de Clémence Gaspard. Les fourmis, punaise, les fourmis et l'araignée ou un truc comme ça, un truc vivant qui aurait été moins grandiose peut-être, mais carrément plus facile à planquer qu'une tribu d'éléphants et un aigle royal garde du corps permanent à quinze mètres au-dessus d'elle.

La soirée se déroula comme prévu. Nous prîmes à nouveau une cuite gigantesque ce qui nous empêchera de relater l'exhaustivité des faits et des rencontres chronologiques de comptoir des deux jeunes femmes. Nous nous en excusons platement. Vers une heure du matin, au moment d'entrer et de payer le vestiaire d'une boîte de nuit quelconque, l'aigle arriva de nulle part pour se poser sur l'écran digital de l'appareil téléphonique portable de Julia, à côté du ticket du vestiaire de la salle de danse qu'elles avaient choisie toutes deux. Nous frôlâmes à ce moment-là la crise cardiaque. Julia aucunement. L'aigle portait, bien entendu, un message accroché à sa patte. Forçant alors nos yeux alcoolisés à supprimer la diplopie, nous pûmes lire ceci par-dessus son épaule :

« J'ai passé une très belle après-midi et une nuit merveilleuse. M V »

Julia n'hésita pas. En temps normal, sachez tout de même qu'elle n'aurait rien répondu, c'est, selon elle, une technique de sioux connue par l'ensemble des sioux célibataires de son siècle, à savoir, le faire patienter pour l'accrocher encore plus. Ne rien répondre pour accrocher le sioux dit Camille. Mais là, Julia nous étonna, sans réfléchir, sans équivoque et en mesurant le risque qu'il la trouve trop franche, elle composa le même mot qu'une adolescente de quinze ans qui découvrait à peine le sexe et ses subtilités subtiles. Un mot sans parachute, un mot frontal mais volontaire en mesurant surtout les risques *éléphanticides* associés, ce que l'on ne peut pas faire en temps normal à quinze ans, nous dîmes en tremblant.

« Reviens vite. Julia ». Et elle envoya.

Elle entendit alors la voix de Camille lui dire :

-   C'est lui ? Qu'est-ce que tu fais, tu es dingue, ne réponds pas. Pas tout de suite. Tu vas tout gâcher voyons !

-   Je sais ce que je fais.

-   Et depuis quand dis-moi ? Tout à l'heure, dans la chambre...

-   Depuis les éléphants Camille !

-   Ben voyons...

Nous n'hésitâmes pas, nous attrapâmes alors un simple pigeon qui passait par là et envoyâmes un rapide texte à Jean : « Je pense et me demande quand tu vas me faire l'amour mon amour »

Inès de Ris rentra vers deux heures du matin. Elle fut à l'évidence surprise par la netteté de la table bien au carré. Avait-il vraiment mangé ?

Elle pénétra alors dans la chambre à coucher et fut encore plus surprise de le trouver endormi, la lampe à son chevet encore allumée. Elle pensait pourtant le retrouver dans le bureau. Assis. Derrière son écran ses cheveux bruns en bataille, ses yeux concentrés qui tapent et écrivent en retouchant sans cesse le début de ses phrases. Le bruit du clavier. Elle n'aurait sûrement rien dit, non, mais écouté simplement le bruit du clavier. Puis, sans parole de sa part, elle aurait goûté dans son dos le verre de vin moitié plein encore posé sur le rebord du bureau, lentement, en silence, et juste pour le laisser terminer. Elle se serait sans doute résolue aussi à le questionner sommairement sur cet écrit en cours pour le voir s'animer. Elle pensait pourtant le retrouver là, dans le bureau, mais non, elle était rentrée suffisamment trop tôt, et il dormait là, dans la chambre à coucher, et déjà.

Elle quitta la chambre et ses talons noirs puis ôta son manteau.

De toutes les manières, quand il écrit il est très anormal. S'il en parle c'est un monologue. Impossible de rentrer. Ça m'agace.

Ensuite ça ne m'intéresse pas. Qu'il écrive oui, c'est très bien, ça lui plaît, mais c'est vide, c'est imaginaire ce qu'il écrit, et trop peu réaliste. Et ce qui n'est pas réaliste, n'est pas entraînant, discutable, distillable au café ou ailleurs, pendant nos dîners, nos spectacles ou encore mieux, quand nous sommes invités chez notre ami journaliste. La presse. Ça c'est important, intéressant, grandiose et porteur. Ses histoires à lui, je ne sais pas ce qu'elles portent, ses histoires d'histoires sont secondaires, irréelles, mythiques, fictives et je ne les lis pas, elles ne m'intéressent pas. C'est un homme d'affaire brillant avec une passion enfantine, une adorable étoupe qui calfate notre navire et qu'il ne partage pas.

Inès de Ris se fit un thé.

Et puis, quand il écrit il est enfermé. Non. Libéré. Non. Enfermé. Enfermé-libéré est-ce possible ceci ? Je ne pense pas. Mais c'est pourtant bien comme ça qu'il est quand il écrit. Il n'est plus à moi. Il devient donc secondaire comme ses histoires d'histoires.

Inès de Ris dort beaucoup mais ne rêve jamais. Inès de Ris boit son thé et projette de se faire un café. Elle cherche une cigarette.

Je dors beaucoup mais un café ce n'est pas raisonnable. La cigarette non plus, dehors il fait bien trop froid. C'est très drôle. C'est cynique. Mais c'est très drôle de repenser à tout ceci ce soir, à cette histoire de graphisme secondaire. Et puis... sortir pour fumer ce n'est pas raisonnable.

Inès de Ris éteignit la machine à café et pénétra dans la chambre. Elle ne fuma finalement pas, ni ne but de café, elle projeta simplement de dormir beaucoup.

Aujourd'hui, ça fait huit ans, se dit-elle à voix suffisamment haute pour qu'il se réveille enfin. Il ne se réveilla pas. En te donnant mes parts et en te nommant directeur général, mon père a bien fait. Huit années. Si nous avions fait un enfant, il aurait pu tout avoir, ton titre et nos parts. Mais des enfants, tu le savais toi Michel, je n'en voulais surtout pas. Et puis un enfant, tu en avais déjà un. J'ai eu beaucoup de chance sur cette affaire-là, je le sais, et je me le dis encore très souvent mon amour.

Aujourd'hui, ça fait huit ans, se dit-elle à nouveau en le regardant dormir. Tu ne te ranimes donc pas ce soir ? Les finances sont restées et elles ont même prospéré grâce toi, mon amour, et avec la bénédiction de mon père Georges De Ris, un homme fort et ô combien efficace comme tu me le dis souvent. Je vais donc me résoudre à prendre place à tes côtés alors, et demain, mon amour, j'irai nous acheter d'autres draps, c'est une chose essentielle, car ce soir tu étais bien trop fatigué et tes yeux pour la première fois depuis huit années ne m'ont pas attendue. Avoir des draps de satins est une chose essentielle. Huit années, mon amour, huit années déjà que je t'aime avec fougue.

Elle se démaquilla puis s'endormit.

Je me suis réveillé vers sept heures trente. Ce fut un réveil d'une violence extrême. Ma première pensée fut pour elle. Enfin, pour elle et mon envie folle de lui faire l'amour à nouveau. Alors je suis parti courir. Je ne sais pas pourquoi j'ai fait ça. J'ai couru tout le matin et je ne suis rentré qu'à midi, épuisé, mais heureux aussi d'être encore là et en vie. J'ai cherché Inès, Inès n'était pas là, elle était partie acheter des draps. J'ai pensé à *Hervé Joncour*, puis j'ai pris une douche froide.

Je me suis réveillée vers huit heures, Michel n'était pas là, il était parti courir, quelle idée ! Dès mon réveil, je me suis mise en tête de retrouver le marchand de satin. Je l'ai retrouvé vers onze heures à l'angle de la rue Lucas et de la rue Faucher. J'ai longuement hésité entre le parme et le beige, mais j'ai fini par prendre les deux. Je suis sortie de la boutique en retard mais comblée de n'avoir pas eu à choisir entre le satin et la soie pour parfaire notre couche.

Ils se rejoignirent comme d'habitude vers treize heures pour le lunch, lui et ses yeux, elle et sa soie, leurs amis et leurs époux et épouses respectifs. C'est quand l'un d'entre eux arriva en retard, en posant une bande dessinée sur la table, que les éléphants apparurent. L'ami était emballé par son achat. Thorgal. Un tome. Le dernier. Il raconta. Il raconta que c'était vachement bien, qu'il en avait piqué un à son fils hier soir et que et cætera. Mais Michel avait déjà décroché. Après le vachement bien. Michel entendait mais n'écoutait plus. Il revoyait la chambre blanc cassé, le Degas encadré, les seins de Julia et les vingt-et-un Thorgal en bataille au pied de son lit. Il ferma les yeux et les éléphants lui demandèrent d'aller au comptoir chercher un verre d'eau pour accessoirement sauver sa peau une seconde fois en six heures seulement. Alors, il alla au comptoir. Il entendit un homme qui partait à la gare dire une phrase rigolote : *c'est incroyable quand même, c'est incroyable de s'empêcher d'être heureux.* Cette phrase rigolote lui rappela un vieux film de Lelouch, après *Hervé Joncour* ce matin, il pensa alors à *Jean-Louis Duroc* et eut envie de remettre la musique.

Au comptoir, le chef était bien là, c'était un pachyderme transparent mais plus gros et un peu plus âgé que les autres. Michel but son verre d'eau incolore d'une traite en le voyant là. Vous faîtes quoi là exactement tous ensemble toi et les mille autres derrière moi ? On n'est pas au cirque messieurs, je ne peux pas vous cacher ici, vous êtes trop gros même en étant invisibles. Trop gros. Et ce n'est pas le moment surtout. Elle n'est pas là ! Il n'obtint aucune réponse. Je n'ai pas le choix c'est bien ça ? Oui, c'est bien ça. Alors c'est le prix à payer pour avoir effleuré la cambrure de son dos ? Une seule fois merde ! Michel fusilla du regard le pachyderme invisible et muet. Son idée de dressage était loin d'être conne car ces salauds d'éléphants étaient tenaces, il valait mieux leur apprendre à se camoufler hâtivement et rester en bons termes. Cette idée lui plut, et au vieil éléphant aussi. Lui et ses confrères devinrent minuscules l'espace d'un repas pour aller se nicher dans la poche de sa chemise bleu ciel. Sans hésiter, ils choisirent tous la poche gauche.

C'est incroyable quand même, c'est incroyable de s'empêcher d'être heureux, réitéra l'homme dans son dos qui n'était pas encore parti à la gare.

Deux jours s'étaient écoulés mais il faisait de plus en plus froid et le gel s'installait chaque nuit et de plus en plus tôt. Nous fîmes des provisions de foin et de paille pour l'hiver. Jean dut s'absenter. Il nous téléphona régulièrement. Nous avions du travail, et il le comprenait fort bien. Nous aimâmes ses messages, au point de les aimer un peu trop. Le second matin même, il neigea. Que quelques heures seulement, mais à gros flocons tout de même. Nous eûmes peur de voir repartir nos hôtes. Julia aucunement. Sa sœur Victoire l'appela, elle lui conta l'ensemble des événements. Cette petite nous plaisait. Elle n'oublia rien. Notre carnet ne nous quittait plus, nous notions nuit et jour, jour et nuit, en ramassant le foin, en refaisant la couche de paille et en conversant avec Jean. Nous répertorions les déplacements surprenants de nos pachydermes sauvages. Nous nous félicitions d'avoir eu de la trompe en suivant cette affaire-là, ce fut une des jolies choses que nous narrâmes à Jean le jour où il neigea tant. En un mot, nous ne fûmes plus inquiets et nous projetâmes même de suivre une formation prochainement sur les aigles car, à l'évidence l'un d'entre eux effectuait régulièrement des vols à des heures incongrues dans la chambre à coucher de Julia. Seule Françoise commençait à s'ennuyer dans son cadre en plastique, mais elle refusait pourtant d'en sortir, préférant rester en haut. Très bien.

Julia et Michel évitaient les échanges. Julia par respect pour Michel, Michel par respect pour Inès. Les éléphants, eux, s'en donnaient à cœur joie, se foutant éperdument des questions de respect croisé, se moquant aussi des heures, des lieux, du froid et du vent. Ils bravaient les lois communes aux éléphants d'Afrique en déboulant sous la neige ou la burle, au café mais aussi sous la couette, dans la nuit, dans la douche, au bureau, au petit-déjeuner, dans la serre de Julia, sur l'autoroute de Michel, dans le métro pour lui seul et à pied pour tous deux. En deux jours, ils développèrent une cuirasse résistante au grand froid. L'aigle fut plus subtil mais aussi plus tenace. Il ne les quitta plus, effectua des allers-retours incessants parfois sans rien mais souvent avec un message bref accroché à la patte et toujours terminé par des points de suspension.

Étrange donc. Tout comme le temps. La seule chose qui semblait encore fiable se disait Julia à la fin du second jour, c'était les éléphants, et autant dire que du coup, rien ne lui semblait vraiment   fiable...

Julia remplit excessivement bien ses deux journées. Le matin très tôt, elle s'occupa de son site, elle se l'appropria et mit en vente ses premières plantations automnales. En début d'après-midi quand le soleil était au zénith, que sous la neige tombante la terre fumait dans sa serre, et que ses rustiques buvaient, les éléphants hurlaient et son cœur tapait. Très bien. Elle repensait alors aux mots de Clémence, si les éléphants étaient là, autant vivre avec eux, cornac ne s'improvise pas, deux jours c'est trop peu. Une sérénité anormale habitait donc la maison avec eux.

Nous prîmes alors le carnet et notâmes.

Sérénité pachydermique : Sérénité particulière. Expression d'origine sauvage qui peut être employée lors d'instants très précieux. Se conjugue au présent. Nécessite, pour être employée à bon escient, de suffisamment d'espaces, de virgules, de points exclamatifs et de majuscules tribales. À accorder uniquement avec les bons mots, ceux qui ont du sens : les mots bien choisis. Possibilité de rajouter des adjectifs, des adverbes. Aucune expression synonyme répertoriée encore à ce jour.

Extrait du précis inexistant encore de nos jours « La route des éléphants »

Michel luttait. Le matin, à midi et le soir. Il parlait beaucoup moins. Se réfugiait dans ses écrits chaque soir. Parfois, il s'autorisait un message. Elle lui répondait toujours. Mais il ne savait pas si son absence de réponse n'aurait pas finalement été plus profitable à son retour à la normale. Car tout était là : Julia avait modifié un détail. Un détail lors de son petit déjeuner, lors de son départ au travail, lors de ses lectures matinales, un détail qui faisait que plus rien n'était pareil. Alors il s'efforçait de refaire tout ce qu'il aimait, pour faire disparaître ces foutus éléphants et reprendre le cours de sa vie tranquillement. Mais rien n'y faisait. Le type qui partait toujours à la gare était déjà repassé mille fois devant chez lui en produisant toujours sa phrase emphatique. Elle revenait, et l'aigle repartait un message à la patte. À un détail près, la situation était standard, très normale. Cornac, c'est un métier. Ce détail était précieux pensait-il, presque pachydermique. Très bien.

Je m'étais levée aux aurores. À dix heures, j'étais déjà au marché. Le temps était froid et sec. Le vent brûlait presque ma peau à chaque rafale. J'étais passée saluer Clémence. Elle m'avait offert un café et une fine feuille de chocolat noir fourrée d'une crème à la menthe. Un After Eight. Je n'aime pas. Pas faute d'avoir essayé non, mais je n'aime pas. Ça ne passe pas, c'est comme ça. La menthe seule, oui, le chocolat aussi, mais l'association des deux, impossible. Comme les Pim's. Pourtant à ma grand-mère, je ne lui ai jamais dit. À Noël et pendant vingt-huit ans, j'ai eu des After Eight. J'aurai dû le dire du départ. Que je n'aimais pas. Je me le dis encore souvent. Le truc le plus drôle c'est que non seulement je n'ai jamais rien dit mais en plus je les ai tous gardés. Tous les ans, tous gardés. En janvier un nouveau coffret rejoignait les anciens. Tous gardés mais pas mangés. Impossible. Je dois être la seule cloche à avoir collectionné vingt ans environ des After Eight périmés. C'est un peu comme le portail du champ, un des premiers gestes douloureux qu'il m'a fallu faire quand elle est partie : les jeter. Je l'entends d'ici me dire : « *Mais pourquoi tu ne me l'as pas dit ?* ». Parce que. Je ne sais même pas si ça existe encore ces saloperies, mais jamais, oh non, jamais, je n'aurais pensé un jour qu'ils me manqueraient autant le jour de Noël.
J'ai mangé mon After Eight en entier et je suis partie au marché.

J'étais face à l'école. Monsieur Richier finissait de peser mes légumes. Sa femme, de ses grands bras, enjambait les étalages pour m'aider à remplir mon panier. Mon portable sonna au moment de régler. C'était lui. J'ai décroché de suite mais pour le mettre en attente, le temps de saluer les Richier. Quand j'ai repris le portable dans ma poche, il avait déjà raccroché. Alors, j'ai rappelé.

- Ça ne se fait pas de raccrocher au nez Monsieur Veillon !

- Ça ne se fait pas non plus vous savez de décrocher pour mettre en attente Mademoiselle Seural. Il y a un outil qui existe c'est un répondeur.

- Pourquoi tu me vouvoies ?

- Je ne sais pas.

- J'ai envie de te voir.

- Alors j'arrive.

Il raccrocha sans attendre sa réponse. Julia se retourna, de l'autre côté de la place, c'était toujours la récréation alors, elle approcha.

- Il a appelé ! cria presque Camille du fond de la cour.

- Comment le sais-tu ?

- Tu ne viens jamais me voir à l'école, si tu viens, c'est qu'il a appelé, et ça se voit dans tes yeux, tu as un troupeau d'éléphants aux fesses qui ne demandent qu'à charger. Dépêche-toi de rentrer ou il va t'attendre !

Elle avait raison.

J'ai tourné des talons en ramassant mon troupeau assez facilement. En passe de devenir experte en déplacement d'éléphants me suis-je dit. Sur le chemin du retour, j'ai demandé au chef de se mettre, lui et ses amis, en sourdine, au moins au départ. Ce n'était pas simple à énoncer évidemment mais je l'ai fait et très bien en plus. Le chef m'a répondu que je croyais sûrement encore au Père Noël mais qu'il ferait de son mieux, c'était certain, mais que, au final, je verrais bien. Il m'a parlé d'*Hervé Joncour* et de *Jean-Louis Duroc*, je n'ai pas compris. Bon...on verra bien alors Dumbo lui ai-je répondu, heureuse de ses efforts et de mes capacités naissantes évidentes en matière de dressage d'éléphants. Il m'a dit que j'étais bien trop oisive. Heureusement mon vieux, heureusement... lui ai-je répondu en accélérant le pas. Et clopin-clopant, on est partis ainsi, moi devant eux, et lui, bien derrière moi.

Juste le temps de quitter ma veste et je l'entends frapper. Déjà ?
Jean surgit à cet instant-là. Déjà ?

Julia quitte sa veste. Michel entre. Michel referme la porte.
Nous lâchons alors Julia et nos notes, et partons directement dans
la cave. Avec Jean. Jean referme la porte.

Trois coups. Et tout mon corps se fige. Dumbo me fait un clin d'œil, traduction en langage pachydermique : je t'avais prévenue, mes amis et moi, comme tu le vois, nous sommes prêts. Vous êtes prêts à quoi ?

Michel Veillon n'attend pas qu'elle lui ouvre. Il la trouve donc stoïque la main sur une chaise qui porte un manteau. Chaise maintenant à deux pas de la porte d'entrée maintenant déjà close. Elle a un jeans noir. Et c'est une seconde peau. Ajusté parfaitement, élégamment dissimulé sous un énorme pull crème col roulé dont les manches cachent presque la totalité de ses mains. Ce pull semble trois fois trop grand pour elle. Il est pourtant bien taillé, ce pull, enfin, sur elle. Il laisse même de profil entrevoir le bas de sa nuque et l'esquisse d'une épaule. Un crayon de papier maintient ses cheveux et laisse courir une mèche châtain à la naissance de son cou. C'est comme ça qu'il la découvre ce jour-là, sa silhouette empaquetée dans un jeans près du corps et un pull trop ample. Elle est immobile avec ses manches crème trop grandes qui lui cachent les mains. À deux mètres de lui, porte refermée, il regarde sa nuque nue bordée par endroits par de la laine blanc cassé à grosse maille. Il la trouve parfaitement parfaite même sans mains. Pourtant, il n'en dit rien.

176

Eh ! Je ne savais pas que le vouvoiement allait de pair avec l'intrusion forcée volontaire. C'est sûrement ce que j'aurais pu dire si j'avais pu parler. Mais je me trouve bloquée. Je suis bien, oui, mais annexée à ma chaise qui me sert gentiment d'appui. Les chaises sont toujours gentilles, c'est bien connu. Et les éléphants s'agitent en me clouant au sol. Le chef bat la mesure. Mais dans quel pétrin je me suis mise... Ils tapent et ils tapent la chamade tous ensemble. Parler ou bouger me semble surhumain, alors autant faire corps avec la gentillesse de ma chaise. Je me dis qu'en une seconde pas plus, les éléphants qui me suivaient docilement au marché, ceux-là mêmes qui semblaient bien dressés, ont repris tous leurs droits mais aussi la maîtrise totale de l'espace. Saloperie d'éléphants comédiens ! Ils battent tranquillement la chamade, voire même un peu plus fort que la dernière fois. Déjà. Non. Si. Déjà. Oui. Déjà. Juste. Pourtant. Pourtant je me surprends à adorer ça ils ne me gênent plus ils deviennent légitimes même élégants tous en costume noir trois pièces et depuis une seconde essentielle. Je reprends mon souffle, et j'aime ça.

Ça ne fait que dix secondes que je suis entré pourtant elle en est déjà là. Je le vois. Elle et ses idées sous la ceinture de dompteuse d'éléphants en costume. Alors mes yeux obéissent et caressent.

Ses yeux me parlent à voix basse, ils finissent par se rapprocher en dépassant intelligemment la limite tolérée. J'attends l'impact. Je ne dis rien. Je ne peux toujours pas bouger. Continue de me parler avec tes yeux, je vais suivre mais guide moi, car tu vois, là, je ne peux plus bouger.

Je comprends. Alors j'obéis. J'attrape sa main et la colle bien à plat côté paume sur mon torse. Bleu vif. Non. Rouge écarlate.

Il ne me lâche pas. Des yeux. Il prend même le temps de laisser traîner sa main un instant sur la mienne. Mes yeux demandent. Ses yeux exécutent. Pas un mot.

Je prends son visage. Je l'embrasse. Je réponds. Ses lèvres deviennent plus humides.

Mes lèvres deviennent humides. Les éléphants se réveillent, se mettent à charger en faisant trembler les murs, la table et les chaises gentilles.

Je me redresse, empoigne ses yeux. Les éléphants.

Envie pachydermique : Envie qui suit une sérénité pachydermique.

Extrait du précis inexistant encore de nos jours « La route des éléphants »

Baise-moi dîmes-nous à Jean dans la cave.

Dans la cuisine, les murs tremblent. Exquise cadence. Rythme absolu. C'est lui qui décide. Il donne la cadence. Lui et ses yeux. Ses yeux. Dans les miens. Trois millions d'années lumières sous ma peau. Je touche une étoile, la polaire. Délicieux. À me laisser sans mots.

C'est juste après que je n'ai pas compris. Il m'a agrippée les deux bras. Les poignets plutôt, il m'a agrippé les poignets, et les éléphants se sont inclinés comme ses yeux à lui s'embuaient.

Il m'a maintenue ainsi, écartelée des mains, un millième de seconde ou même moins, mais il a serré si fort qu'il m'a fait mal. Un millième de seconde parfois c'est très long lorsque c'est douloureux. Je n'avais jamais été écartelée des mains. C'est étrange d'être écartelée des mains. Puis il a lâché prise aussi subitement, et s'est effondré dans mon cou sans bouger, sans parler. Ses mains sont restées là, mais elles étaient ouvertes et ne tenaient plus rien. J'étais écartelée et libre. C'est étrange d'être écartelée et libre. J'ai repris ma respiration. Je n'ai rien dit. J'ai vérifié la couleur de mes deux poignets. Rouges. Après de longues minutes, il a fini par parler. Je suis restée écartelée et libre. C'était la première fois depuis qu'il était arrivé. Il a eu un murmure inaudible en restant dans mes bras, ses lèvres à mon cou, il a dit *que m'as-tu fait, Julia ?* J'ai vu le chef des éléphants poser un genou à terre. Je suis restée écartelée et libre. Puis progressivement son souffle s'est espacé pour devenir régulier. Je ne savais plus si j'étais libre. Il a regardé mes poignets, s'est redressé et a dit :

-   Pardon. Je ne sais pas ce qui m'a pris.

Je n'ai rien répondu.

- Julia ?

J'ai répondu.

- Fais-tu fais ceci souvent ?

- Jamais.

- Sais-tu que tu as les plus beaux yeux du monde quand tu me fais l'amour ?

Les éléphants tapèrent comme jamais. Michel Veillon reprit ses yeux d'aigle et fit jouir Julia Seural à nouveau. Julia Seural crut en mourir. Michel Veillon aussi. Mais personne ne mourut.

Nous quittons la cave et reprenons nos esprits difficilement puis nos notes et enfin nos habits prestement. Nous pestons contre notre manque de professionnalisme qui aurait pu nous coûter un chapitre entier. Nous respirons trois fois mais pas quatre afin de reprendre notre didactique pachydermique bien là où nous l'avions laissée. Nous y sommes. Très bien.

Comme on arrive, lui, il demande un peu gêné si cette nuit il peut rester là. Oui répond Julia. Les éléphants valident eux aussi et l'aigle commence à chercher un perchoir. Jean file se documenter sur les aigles et la construction de nichoirs dans les greniers et/ou les clochers, à voir, il étudiera d'ailleurs la question au mieux dans la nuit. Michel prend alors son portable et part téléphoner : Inès, oui, c'est moi … et la porte d'entrée se referme. Ce n'est donc pas un monologue mais bien un dialogue. Nous perdons la suite car nous décidons de rester dans la cuisine avec la petite, nous ne saurons donc jamais ce qu'il conte à Inès De Ris, mais quand il revient, il est content. Très bien.

Puis ils parlent de choses et d'autres qui n'ont aucune sympathie. Il est marié à Inès. Inès est sa femme. Il était marié à Judith avant. Ils ont eu une fille avec Judith. Avant encore il a fait de grandes études sympathiques. Il est issu d'un parcours atypique sympathique, possède une formation hautement diplômante, exerce aujourd'hui un emploi hautement bien rémunéré. Très bien. Et c'est Inès qu'il vient d'appeler. Il reparle de l'usine, lui promet de lui dire quand ce sera officiel où elle sera implantée. Ce ne sera pas dans son champ mais dans la région. Il lui dit que tout ceci c'est grâce à la sympathie de Louis Vallières. Elle le sait déjà. Louis Vallières. La sympathie est toujours un mot inconnu sans définition claire. Très bien. Il est heureux pour elle, que ce ne soit pas dans son champ et qu'elle en soit heureuse. En disant ceci, ses mains ressortent et la droite va se ficher dans ses cheveux pour les ébouriffer un peu plus. Très bien J.R. lui répond-elle pour le taquiner un peu en sentant sa gêne. Ça le vexe. Il ne trouve pas ceci sympathique. Alors il ressort téléphoner. Il a trop d'appels en absence. Il a une pensée pour *Hervé Joncour* à nouveau. Tout ceci est très normal.

Nous nous ennuyions et partons soigner les éléphants en embrassant Jean et en lui demandant de revenir vite une fois son étude terminée et son nichoir installé. Nous laissons J.R. Veillon croquer son omelette en buvant du Chably et Julia Seural lui caresser la nuque. Rien de plus n'adviendra aujourd'hui c'est certain. Patientons, notons et soignons.

Ils revinrent souvent. Jean et Michel.

Quand il n'était pas là, il me manquait.
Quand je n'étais pas là, je lui manquais aussi.

Personne ne dompta les éléphants bien sûr, mais comme prévu nous apprîmes tous à cohabiter avec eux, Julia et nous-mêmes. Nous-mêmes et dans notre registre, nous n'en avions plus peur, nous maîtrisions de mieux en mieux les techniques de domestication allant de la mise à bas, au jet de sable, bain de boue et autres, même les nourrir était simple, il suffisait de se lever très tôt pour faucher en dégivrant au préalable une parcelle suffisante grâce à un chalumeau. Jean quant à lui s'occupa fort bien de l'aigle, il partit quelques jours l'observer, nota et étudia au mieux maints prototypes de nichoirs que nous évaluâmes ensemble à chacun de ses retours. Très bien. Julia, elle, les aimait toujours autant, les éléphants, et savait maintenant vivre avec eux et leurs habitudes particulières. Très bien toujours. Camille passait en essayant de définir et de poser les mots justes aux bons endroits et en y parvenant pourtant aucunement. En effet, fidèles à leur caractère d'origine, les éléphants restaient évidemment contrôlables quand nous étions à distance, mais quand nous étions dans la même pièce, leurs instincts reprenaient le dessus et c'était toujours bien eux qui prenaient les commandes. Ainsi et malgré les apparences, ils restaient donc encore des bêtes bien trop sauvages. Tout était très normal là encore. L'aigle quant à lui était plus majestueux que jamais disait Jean. Il nous rendait humblement et chaque nuit de grands services à chacune de ses visites. Mais il restait lui aussi toujours libre d'aller et venir à sa convenance, il tenait plus que tout à sa liberté, c'était un aigle royal, ça aussi nous le savions du départ. Très bien toujours.

Il me revenait, m'ouvrait le cœur en deux, me faisait l'amour puis dormait dans mes bras. Il parlait peu. Au fil des semaines nos étreintes se multiplièrent et devinrent expertes. Son corps et le mien s'entendaient à merveille, comme nos yeux. C'était à la fois simple et magique. Camille n'était pas d'accord sur ces mots. Moi si car il arrivait à faire cohabiter à merveille ces deux mots qui sont pourtant de sens contraire. Et il y arrivait sans effort. Rien à voir avec le sympathique et fade qui était annoncé au départ. Ce mot-meuble d'ailleurs avait quitté son vocabulaire. Mes petits maux délicieux duraient. Tous les coups sur mille ses yeux me parlaient et me paralysaient. Ses yeux. Je lui disais souvent qu'il avait les plus beaux yeux du monde : ceux qui parlent. Il en avait pris l'habitude mais ne répondait jamais rien, il me regardait une seconde et faisait partir une main dans le gris de ses cheveux.

Nous notâmes donc en conclusion sommaire de ces chapitres efficaces et sans l'aval de l'amie de Julia :

Contrôle pachydermique : Contrôle simple et magique

Extrait du précis inexistant encore de nos jours « La route des éléphants »

Je crois bien que je t'aime pour de bon lui dit-elle un soir.
Il ne répondit rien.
Les éléphants se dressèrent, la trompe en avant et les défenses
bien au sol.
Le parquet craqua.
Les lattes se brisèrent.

Alors nous,
Nous eûmes peur à nouveau.

L'instant suivant, nous ne sûmes que faire et nous nous
accrochâmes machinalement aux lattes fissurées puis, heureux
que les lattes tiennent, nous regardâmes Françoise : elle fumait.

C'est donc forts conscients des suites à venir que nous
descendîmes quatre à quatre les escaliers, mangeâmes tous les
fruits et légumes frais du frigidaire, croquâmes dans la totalité du
Guronsan disponible dans le placard, nous fîmes une vingtaine de
thés verts et d'expressos mélangés que nous mixâmes avec des
kiwis pour plus d'efficacité. La nuit serait longue. Jean tremblait lui
aussi en mixant les kiwis, il alluma même une Caporal que nous
fumâmes à deux. Le plancher venait de se fissurer dans la
chambre. Au grenier certainement, l'aigle avait dû choir du
perchoir.

Vers trois heures cette nuit-là, je me suis réveillée et il n'était plus contre moi. J'ai balayé le lit de ma main. Son corps n'était plus dans mon lit. De moitié endormie je suis passée à très réveillée très vite. J'ai cru détecter un bruit sourd venant du salon. De la musique semblait-il. Il était toujours là. Sûrement. Ou pas. J'ai regardé autour de moi, les éléphants étaient là. Il était donc toujours là. Sûrement. J'ai attrapé sa chemise, le seul outil disponible que j'avais sous la main. Et je suis descendue. Vite.

Nous voyons Julia arriver, elle porte une chemise d'homme, elle la porte comme une veste car trois boutons seulement sont accrochés. Elle a dû l'enfiler à la hâte. Nous nous y étions préparés. Elle se dirige dans la bibliothèque. Elle a raison, c'est bien de là que provient la musique. Jean est dans la cave. Nous notons chaque mot.

Et c'était Einaudi. Le concert au Royal Albert Hall de Londres. Rien que ça. J'ai balayé du regard la cheminée, une nouvelle bûche venait d'être ajoutée mais personne dans les deux fauteuils en cuir attenants. Il est au bureau. Les yeux dans son ordinateur portable, Einaudi en fond presque imperceptible, ma forteresse de livres dans son dos. Seule ma lampe de bureau minuscule est allumée et orientée sur son clavier noir.

Elle reste accrochée à l'encadrement de la porte. Le royal Albert Londres a couvert le bruit de ses pas. Très bien. Il ne sait pas qu'elle l'observe. Il est concentré. Il tape, s'arrête, retape, lit. C'est un balai entre lui et cet ordinateur posé sur ce bureau juste devant ses yeux. Parfois il se recule, fait partir ses deux mains derrière sa nuque, lit, lit, lit et recommence à taper.

Dans l'encadrement de ma porte je suis invisible. Je le regarde. Que fait-il en pleine nuit à taper ainsi ? Presque en cadence, attentif, concentré, possédé même par ce qu'il écrit. De longues minutes passent. Il a l'air tellement paisible, coloré même. Je ne peux me résoudre à le déranger. Je préfère ne pas savoir plutôt que d'interrompre ce moment. Je le questionnerai demain. Je vais retourner me coucher. Je retourne me coucher.

- Julia ? Tu es là depuis longtemps ?

- Un peu.

- Pourquoi ne me l'as-tu pas dit ?

- ...

Il passe sa main dans les cheveux et lui fait un signe. Elle s'approche très gênée. Il regarde un coin. Elle le voit.

- J'écris. Parfois. Rarement. Un peu.

Il a pesé tous ses mots et fait des pauses entre chaque. Puis il a lâché son coin pour chercher son regard. Alors j'avoue. J'avoue que ça fait une heure que je le regarde. Écrire. Que je le regarde écrire. Et que, tu sais, depuis qu'on se connaît je te regarde beaucoup, pourtant je ne t'avais jamais vraiment vu, comme je viens de te voir là, je veux dire, et, enfin, depuis une heure. Mes phrases ne sont pas vraiment claires pourtant elles doivent être conformes car il continue. Les éléphants se taisent. Il parle. Les éléphants nous encerclent. J'ai l'impression que le parquet est fissuré et que la fissure se propage à tous mes murs. Il explique. Les éléphants nous caressent, c'est doux une caresse de trompe d'éléphant. Lui, qui ne parle jamais, parle. Il a commencé à écrire quand il a rencontré Judith. La femme qui a partagé sa vie avant Inès, Judith ou la mère de sa fille. Écrire. Il y a un personnage, c'est un jeune gladiateur. Dans ses écrits, il y a un personnage qui est un jeune gladiateur. Spartacus. Il peut passer une heure sur un paragraphe important. Et il passe de nombreuses heures sur les paragraphes importants. Tous les paragraphes sont importants. Tous les mots, toutes les phrases et chacune des virgules aussi. Il a des difficultés à placer les virgules. Ses idées débordent. Quand ses idées débordent, il éprouve beaucoup de difficultés à placer les virgules. Il avance peu, mais il avance tous les jours, pas un jour ne passe sans qu'il n'avance. Il manque de temps alors il voudrait terminer un jour, un jour il terminera.

- Tu es écrivain.

- Je passe simplement une partie de mon temps à apprendre à écrire.

- Alors tu es écrivain.

À nouveau je ne savais plus comment énoncer. Parce que quand tu écris tu reprends des couleurs, un peu comme le jour où tu étais venu m'aider dans la serre. Tu te souviens de ce jour ? Il se souvenait. J'ai pensé c'est doux la caresse d'une trompe d'éléphant.

C'est doux une caresse d'éléphant a-t-il dit. Oui, lui ai-je répondu, c'est doux. Autour de moi, il n'y a plus que des fissures.

- Je pourrais te lire ?

Michel fit alors un quart de tour grâce au fauteuil de bureau. Ce fauteuil est un fauteuil noir en cuir et à roulette noires elles aussi, nous l'avons dessiné à la hâte sur notre carnet témoin, c'est un fauteuil vintage mais confortable, les roulettes, elles, sont juste efficaces. Ce fauteuil n'est pas important ou alors il est fondamental car c'est bien grâce à lui qu'il se retourne. Un quart de tour. Il l'attrape par la taille. Ses mains sur ses hanches et il dit très clairement :

- Julia Seural, je crois bien que je vous aime pour de bon.

La maison entière se fissure. De peur, par crainte ou alors d'envie nous regagnons la cave. Jean est soucieux. Nous notons la confirmation de nos intuitions. Eux s'ébrouent toute la nuit. La trompe et le reste. Nous, nous passons le reste de notre pauvre nuit à mesurer la largeur et la longueur de chacune des fissures qu'ils font et à consolider les plus inquiétantes. Au petit matin, épuisés, la maison semble neuve, nous estimons que nous venons de sauver les murs et rejoignons la petite. La petite l'embrasse. Il part avec un sourire gigantesque. Elle l'embrasse à nouveau, se douche et s'apprête à partir elle aussi. Nous sommes sonnés par la nuit et sa suite. Françoise, elle, fume tant et plus. Nous quittons la chambre.

À partir de cet instant précis, nous mesurons l'ampleur de la tâche que nous nous sommes confiée et nous promettons yeux dans les yeux à Françoise d'être à la hauteur. Nous reprenons notre carnet comme s'il s'agissait d'un talisman. Jean nous aide à descendre les escaliers.

Il faut que je parte ce matin pour lui dire. Lui dire que, moi, Julia Seural, je viens, cette nuit, grâce aux roulettes d'un fauteuil normal, aux doux coups de trompes d'une harde d'éléphants en costume, à quelques mots chaotiques aussi et au concert au Royal Albert Hall, que je viens moi, de dresser les éléphants et donc qu'elle se trompe. C'est doux la caresse d'une trompe d'éléphant.

Nous notons brièvement la recette de la petite et l'importance déconcertante de ce quart de tour à roulettes pour le dressage rapide. Les éléphants sont bien toujours là, ils tapent comme jamais en faisant trembler les murs fissurés, mais ils se donnent la main deux par deux en attendant son signal pour baisser la trompe, ouvrir la porte et avancer. Nous sommes sonnés. Ils portent des costumes anglais tous identiques à cravate intégrée. Sont-ils réellement dressés ? Aucune note d'aucune sorte n'est répertoriée dans aucun précis de cet ordre-là du monde entier. Sonnés nous sommes.

Ils marchèrent ainsi en cadence dans les rues du village, Julia en tête, seul le patriarche se tint à l'écart en retrait et en dernier. Nous essayâmes de converser avec lui pour échanger nos impressions personnelles, résoudre nos interrogations et améliorer la recette de quelques épices ou autres condiments plus doux dont il aurait eu le secret pour permettre à notre précis de devenir best-seller. Nous lui montrâmes un fauteuil sur un catalogue Ikea qui semblait convenir, mais rien, il se tut et continua de marcher à sa cadence propre. Quand nous arrivâmes ainsi au neuf de sa rue, ils rentrèrent tous sauf nous et lui, le patriarche. Julia en tête. Le patriarche resta sur le palier. Nous fûmes donc, à regret, obligés nous aussi de rester avec lui. Dehors.

- Ah Julia ! S'enquit Clémence. Je t'attendais vois-tu ! Regarde, je viens juste de terminer un gâteau au vin blanc. Tu l'aimes, dis, le gâteau au vin banc ?

Nous regardâmes un coin en entendant cet accent. Le patriarche de sa trompe nous caressa la nuque. C'est doux une caresse d'éléphant. Nous notâmes cet axiome sur notre carnet plein de plâtre séché.

Je ne sais pas ce qui s'est passé en passant la porte. Le patriarche m'a lâchée. Je ne sais pas ce qui s'est passé mais en passant la porte d'abord, il y a eu l'odeur. Celle du gâteau au vin banc. La table avec le gâteau au vin blanc. Ensuite, sa voix, enfin... son accent. Celui de ma grand-mère. Je ne sais pas ce qui s'est passé en passant la porte. J'ai pensé aux frites oui, mais aussi à ma grand-mère, non, aux escalopes de veau, j'ai pensé aux pizzas en entrée, aux haricots mange-tout, aux lardons en accompagnement, aux cardes en sauce blanche, aux quenelles maison à la sauce tomate, aux avocats vinaigrette, aux œufs mimosa, aux tomates farcies, aux lentilles et leurs saucisses fraîches arrivant tout droit du charcutier, au sacrosaint bifteck qu'il fallait tout manger parce qu'il était tendre et surtout parce que c'était de la viande. Il fallait manger d'abord l'entrée, puis les légumes et la viande ensuite. Pas de plat du jour. Jamais de pâtes, trop simple et pas assez bon. Pas de maïs, c'est pour les poules. Jamais de charcuterie à midi, l'assiette de charcuterie c'est pour le soir et avec la soupe. Aux choux. La soupe aux choux avec une saucisse fraîche.

Je ne sais pas ce qui s'est passé en passant la porte. Je devais avoir faim. Et dresser les éléphants devait m'avoir mise en appétit. Ou être cornac demandait un régime alimentaire adapté. Je ne sais pas ce qui s'est passé en passant la porte. Je n'avais encore jamais repensé à tout ça, jamais repensé au gâteau au vin blanc. Mais comment savait-elle donc pour le gâteau au vin banc ? Je ne sais pas ce qui s'est passé en passant la porte, ni pourquoi le patriarche est resté dehors, Dumbo n'aimait peut-être pas le gâteau au vin blanc… Moi, c'est mon gâteau préféré. Je n'en ai jamais remangé. Jamais remangé depuis le jour précédant le cimetière.

- Veux-tu une part de gâteau au vin blanc Julia ? Ta grand-mère faisait bien des gâteaux au vin blanc Julia ? Et les miens ? Sont-ils aussi bons ? Goûte donc. C'est ta grand-mère qui m'a donné la recette. Elle la tenait de ton arrière-grand-mère. Tu ressembles beaucoup à ta grand-mère tu sais.

Alors, j'ai mangé une part de gâteau au vin blanc.

Deux minutes passent. Elle parle. L'horloge continue. La trotteuse avance. Trois minutes. Je l'écoute toujours sans répondre. C'est étrange ce qui se passe. J'avale le gâteau au vin blanc. Le patriarche est dehors. Sa harde est toujours avec moi. Derrière moi. Elle tape, la sent-elle taper elle aussi ? Et sait-elle que je suis venue pour lui dire que je les avais dressés et que c'était étonnant ?

Et tu te souviens Julia des petites navettes à la fleur d'oranger ? Le seul gâteau qui est resté pendant la guerre et pendant toute la guerre. Tous les autres ont décampé, ma Julia. Trop riches trop gourmands en sucre et en beurre.

Le patriarche appelle maintenant ses oyes en barrissant à la mort, dehors, un cri venu d'outre-tombe, un cri qui me glace, un cri, une puissance innombrable, un cri. Quatre minutes. L'a-t-elle entendu ce cri elle aussi ?

Mais la petite navette à la fleur d'oranger est restée, bichette. Même aujourd'hui encore avant d'aller me coucher je glisse une goutte de fleur d'oranger dans ma tisane, on dit que c'est pour dormir tu sais, moi c'est pour me souvenir, me souvenir du goût des navettes de ton grand-père, ma Julia. Ça fait ?

Le patriarche hurle.

« *Ça fait ?* » elle disait toujours ces deux mots ma grand-mère. J'ai cru entendre Mamie en l'écoutant parler.

Le patriarche me somme de partir. Cinq minutes.

Ça fait. Les deux petits mots résonnent dans ma tête. Le patriarche hurle tant et plus. Ça fait. Je ne savais pas trop ce que ça voulait dire à cinq ans. Alors je lui répondais « *Oui, ça fait Mamie* ». Mais à force de l'écouter et en grandissant, j'ai compris. On pouvait le traduire tout simplement par « *ça va ?*» son « *ça fait ?* ». Mais comme « *ça* » n'allait ni trop, ni pas assez eh bien elle avait inventé cette espèce de question biaisée à laquelle on avait le droit de répondre « *oui* » sans prétendre aller vraiment « *super bien* ». C'était un truc qui voulait dire : « *C'est ok, ça va, ce n'est pas fabuleux, non... mais je ne suis pas triste non plus, alors, ça fait ... »*

- Oui ça fait.

- Tes éléphants aussi alors ?

- Oui, mes éléphants aussi.

- Tu sais Julia, il faut parfois attendre un peu pour comprendre les choses.

Six minutes. Je continue d'avaler, les éléphants d'hurler. Je tiens sans savoir ce que je tiens vraiment. S'en suivent des choses que je sais déjà mais que j'écoute sans parler. Je mâche puis j'avale. Les éléphants hurlent. Tous. La harde reprend les cris du patriarche maintenant. Plus fort. Si Camille était là. Camille n'est pas là. Ce n'est pas très simple mais il y a de la magie depuis que je suis entrée, une magie particulière mais de la magie quand même. Je tiens. Elle raconte. Jean et Augustine sont bien installés. Sept minutes. Je tiens. Je mâche. Ils hurlent. La boulangerie est toujours bondée. Jean est un bon boulanger. Ma grand-mère connaît tout le monde. Ma grand-mère le seconde à merveille. Ma grand-mère est aimée. Ils sont heureux, ils n'arrivent pas encore à avoir d'enfants mais ils y arriveront. Ma grand-mère a déjà presque trente ans. La guerre éclate. Je mâche. Ils hurlent. C'est maintenant l'arrivée des soldats allemands dans Vienne. Mon grand-père qui est toujours joyeux quitte la table ce soir-là, avec sa gitane et en claquant la porte. Je sais déjà tout ça, j'avais simplement oublié d'y repenser un jour. La porte magique. Je sais. Je l'ai gardée pour ça. La crainte de la mobilisation des enfants de poilus, vingt-cinq ans après, Mamie m'avait excessivement bien raconté. Je sais déjà. L'horreur de l'année 41, je sais aussi. J'ai su tout ça très tôt. Les enfants décalquent les idées des adultes qu'ils aiment. C'est normal. Ils ne les comprennent pas mais ils les décalquent et les connaissent. Moi je connais cette idée, celle qui va avec le nombre 41. J'ai gardé la décalcomanie des idées de Mamie sous mon crâne. C'est une décalcomanie inhumaine jaune et en forme d'étoile. Huit minutes. J'avale. Je tiens. Elle parle. Je suis une dresseuse d'éléphants Clémence. Ils hurlent toujours. Je dois lui dire que depuis huit minutes ce n'est pas simple mais je me tais. Le patriarche manque de démonter la porte en se cabrant d'un coup. Il baisse la tête, il va charger. Je suis une dresseuse d'éléphants qui n'a pas suffisamment répété certains numéros. Ce n'est pas grave. Ce n'est pas simple. Ça reste magique Camille. Neuf minutes. Ils sont dressés, ils s'expriment beaucoup mais je les ai dressés, ils la laissent parler et à leur manière, ils attendent que je lui dise qu'ils sont bien dressés...

- Ça fait Julia ?

- Ça fait Clémence.

- Dis-moi si ça ne fait plus.

- Je vous dirai.

Le pain de régime, avec du seigle, parfois de l'orge, je sais aussi. Je sais que mon grand-père est resté car il était boulanger, car il a eu les oreillons, car il a failli mourir de ce virus bizarre, car c'est un concours de circonstances qui a fait qu'il est resté. Je sais déjà Mamie m'a raconté mille fois tout ceci.

- Et puis il y a eu le curé.

- Le curé ?

- Oui le curé.

Le curé je ne savais pas. Ça y est Dumbo vient d'entrer. Il stoppe net. Il me regarde. Le curé est plus âgé qu'eux. En 14 il a déjà combattu à sa manière et en imprimant des faux tickets de rationnement. La machine pour imprimer est restée, elle fonctionne toujours, les tickets vierges aussi, ils sont dans la cave du presbytère. Je ne savais pas. Ce n'est pas possible. J'avais pourtant mille fois la même histoire mais il semble que je ne l'avais pas entier. Ce n'est pas possible. Mamie m'a élevée, Mamie m'a tout dit. Et ce sont les mêmes tickets qu'en 14 mais pour les rationnements de 39. Dix minutes. Mes grands-parents ont créé des faux noms très standards. Je ne savais pas. Marie Dupont. Aimée Martin. Jean Durand. Des noms si communs que personne ne pourrait accuser les vrais existant car sur la commune ils étaient trop nombreux. Je ne savais pas. C'est ma grand-mère qui a été chargée de les trouver. Et ils ont imprimé. D'abord en petites quantités, puis en plus grandes et pendant très longtemps.

-   C'était ta grand-mère qui décidait, elle donnait plus à certains et tamponnait le soir la fausse carte. Ça marchait.

-   Je ne savais pas.

Elle se lève pour aller refaire du café ou chercher des patates, enfin elle se lève. Le patriarche me somme une ultime fois de partir. Je finis d'avaler et je pars pour lui faire plaisir. Je suis une dresseuse d'éléphants Monsieur Dumbo. Je regarde l'horloge. J'ai tenu quinze minutes : c'est très bien. Je n'ai rien dit à Clémence. Je n'ai pas parlé. Ce n'est pas grave. C'est une petite erreur de dressage ou un numéro pas prévu donc pas suffisamment répété, le genre de choses qui arrive même chez les professionnels. Comment se fait-il que ma grand-mère ne m'ait jamais rien dit ? Et pourquoi Dumbo ne supportait-il pas à ce point que je sois chez elle aujourd'hui ?

Quand la petite fut partie, Clémence Gaspard nettoya puis rangea ses mazagrans. Elle versa le reste du café dans une casserole minuscule qui alla rejoindre la gazinière éteinte. Elle nettoya ensuite la cafetière minutieusement, puis elle partit s'assoir à côté du téléphone.

- Louis, c'est Clémence.

- Clémence ?

- Tu avais raison.

- À quel sujet ?

- La petite.

- Elle ne sait rien ?

- Non. Elle ne sait rien.

- Lui as-tu tout dit Clémence ?

- Non. J'ai simplement débuté. Mais ça y est, elle est prête à entendre.

J'ai regagné mon appartement haussmannien le jour même. La moitié du troupeau m'a suivi. Je devais partir quinze jours pour affaire. Je suis parti avec lui. J'ai pensé à *Hervé Joncour* et à *Jean-Louis Duroc* pendant la totalité du trajet.

Michel était parti pour affaire alors nous passâmes quinze journées pleines à reprendre nos notes. Nous établîmes aussi dans la cave une belle carte détaillée du troupeau, car il s'était séparé, le troupeau, et l'exacte moitié était partie avec lui, l'autre était restée avec elle. Nous avions donc du travail. De plus, certaines des fissures continuaient tant et plus à travailler, Jean nous manquait, il était évidemment parti avec l'aigle et quelques-unes de ses notices de juchoirs en kit en nous laissant simplement ses Caporal. Les éléphants étaient toujours là eux, l'exacte moitié à l'éléphanteau près, nous n'avions maintenant plus le choix et devions faire au mieux pour la petite. Nous séparer nous avait semblé être la meilleure des solutions.

Circonstances pachydermiques : Circonstances exceptionnelles à mesures exceptionnelles.

Julia Seural passa quinze journées à travailler la terre et à chercher. Elle voulait prendre le temps de digérer les révélations de Clémence. Elle trouvait que les circonstances étaient exceptionnelles. Elle passait plusieurs fois par jour au cimetière. Elle passait plusieurs minutes des plusieurs fois par jour à vérifier aussi ses progrès spectaculaires en dressage. Elle conversait avec Camille, appelait sa sœur Victoire pour traiter au mieux l'ensemble de ces sujets-là. Julia Seural trouvait trop étrange que sa grand-mère ne lui ait jamais rien dit. Elle chercha beaucoup dans la maison, s'attaqua au grenier, aux murs, aux lattes du plancher les plus fragiles et à la charpente du grenier, elle cherchait la machine. Mais rien. Pourtant aucune parcelle ne fut oubliée. Elle se refusa à repasser voir Clémence Gaspard tant que ses progrès en dressage ne seraient pas confirmés. Le fait qu'elle n'ait pu parler la dernière fois l'oppressait. Nous notâmes cette clairvoyance experte de la petite et la lucidité avec laquelle elle l'appliqua malgré son envie d'en savoir plus et de démonter entièrement sa maison pour trouver une preuve. Nous nous félicitâmes d'avoir eu tant de flair en prenant cette affaire.

Les quinze jours passèrent.
L'aigle brava le froid et la neige mille fois par jour, Jean avec lui, ce qui l'épuisa beaucoup.
Les éléphanteaux grandirent très vite.
Nous rédigeâmes les deux premières parties de notre précis.
Camille termina son premier trimestre.
Victoire embrassa sa sœur régulièrement et vint même dormir quelques fois et chercher la machine introuvable.
La maison était belle comme jamais, la serre resplendissante pour un mois de décembre.
Julia gratta sa terre, répondit aux attentes précises de Jocelyn Ambrossini, confirma ses commandes.
Tout était simple et magique.

Françoise resplendissait. La chamade battait tant et plus de la cave au grenier et du grenier à la cave et sous chacune des lattes éventrées. Nous étions tous heureux et souffrions avec allégresse de ces atypiques et rarissimes circonstances pachydermiques louant chaque nuit les éléphants de nous avoir conviés. À circonstances exceptionnelles, mesures exceptionnelles aussi rares que précieuses.

Quand il rentra il ne passa pas par l'appartement haussmannien mais roula directement chez elle. À son arrivé il la trouva belle et piquante. Il eut encore plus envie d'elle et il lui fit l'amour sur-le-champ.

- On va faire un tour ? lui dit-il le lendemain, j'ai envie de parler.

- Moi aussi répondit-elle.

Nous ne les avions jamais vus comme ça. Lui, l'air épuisé, elle, l'air grave. Nous notâmes la description précise de chacun de leurs deux visages et des impressions pachydermiques qui s'en dégageaient.

Impressions pachydermiques : impressions lucides succédant à des circonstances pachydermiques.

Ils sortent. Dehors il fait très froid. La neige recouvre tout. Les éléphants restent à la maison. Le patriarche ne les regarde même pas partir sous la neige. Nous notons. L'aigle lui, décide de les suivre à environ trois cents mètres d'altitude. Jean se prépare au mieux. Nous observons le chemin qu'eux-seuls souhaitent prendre : il est plein de coins enneigés. Très bien. Nous notons. Nous décidons de rester nous aussi à la maison. Leurs ébats métalinguistiques ne nous regardent en rien. Notre besogne, ce sont les éléphants. Et les éléphants regardent la télévision. Très bien.

Cette maison est importante pour moi car j'ai passé une bonne partie de mon enfance ici, le long de ce bois, dans ce champ que tu voulais m'acheter et surtout dans cette maison aux murs épais que maintenant tu connais. Je n'étais bien que là. Avec ma grand-mère, après le décès de ma mère. C'est ainsi que je commence à parler.

- Ta mère est morte quand tu étais enfant ?

- Oui. Et après, tous les soirs, je voulais croire le truc de mon père.

- Le truc de ton père ?

- Le truc sur le ciel et j'attendais le miracle. Je faisais bien comme il faut, bien comme il me disait. Dans le bon ordre. Je m'appliquais. Je pense être la petite fille qui ait le mieux maîtrisé à cinq ans le signe de croix. Mais rien. Alors, n'arrivant plus à m'expliquer le truc du ciel mythique mais auquel tout le monde croyait semblait-il, et voyant surtout qu'il ne me suffisait pas à moi, il m'a laissé venir, mon père, pour que ce soit ma grand-mère qui me parle, lui n'y arrivait pas, mon père était à court de bonnes idées allégoriques bien malgré lui. Ma grand-mère non. Alors, je suis restée. La valise. Le départ si tu préfères à cinq ans et pour le temps qu'il faudrait. Le temps a été long. Victoire avait quinze ans, elle était déjà construite à moitié, elle n'a pas eu les mêmes besoins absurdes que moi.

- Tu es venue habiter là ?

- Oui. Très longtemps. C'est ma grand-mère qui en a eu l'idée. Une idée dans l'urgence que j'ai entendue un soir au téléphone. Car même l'école je ne voulais plus y aller. Mon père s'inquiétait, moi non. J'avais besoin de temps. Pour aller à l'école il faut être construit. Moi, je ne l'étais plus. Moi, j'étais en chantier. J'étais branchée sur le ciel, les nuages, le soleil et la lune en permanence. Ma préoccupation principale était de construire une échelle géante pour pouvoir y monter avec mon père et Victoire, sauter de nuage en nuage, et lui faire la surprise à ma mère. Tous les quatre dans ce truc qu'ils appelaient le ciel. Le truc où elle était montée avec le Père Noël. Trouver un moyen plus efficace que celui de mon père en quelque sorte et avec le seul moyen du bord, l'imagination, le seul disponible à mon âge. À ce compte-là, tu comprends bien que l'école c'était trop tôt. On n'apprend pas à construire des échelles géantes à l'école, on dit qu'elles n'existent pas.

- Tu n'es pas allée à l'école ?

- Si, mais beaucoup plus tard. J'ai appris à raconter des histoires en écoutant ma grand-mère discuter avec ses copines. Les après-midis il y avait toujours quelqu'un qui passait boire un café. Elle discutait. J'écoutais. C'était surtout Madame Vallières et Clémence Gaspard qui passaient. Très souvent. Surtout elles oui, et moi je les aimais beaucoup. Je dessinais sur la table de la salle à manger. J'adorais dessiner en les écoutant parler. Je crois que ce souvenir est le souvenir le plus doux de mon enfance. J'ai commencé à écrire des fausses pièces de théâtre que je récitais, et ma grand-mère riait. Là. Ici, toujours dans ce champ et sous cet arbre l'été, je récitais mes pièces et elle riait. Elle aimait cet endroit. J'ai appris à lire avec elle. Sur un vieux livre prêté par la femme du maire. Je me rappelle du titre « Oui-Oui et la gomme magique ». La bibliothèque rose sur la tranche. La couverture de ce livre était toute verte avec un Oui-Oui hilare et un singe sur la couverture, un singe qui détenait une gomme magique. Je m'en souviens encore de ce livre et je m'en souviendrai toujours. Il avait la queue à moitié effacée ce singe. C'était ça qui m'intriguait au départ. Cette histoire de gomme magique et la possibilité que dans les livres tout soit possible justement. Même les gommes magiques, même le Père Noël, même les échelles géantes. Alors je me suis évertuée à apprendre à lire cette histoire de gomme. Pas pour la gomme mais pour continuer de rêver. Je me suis accrochée à elle, ma grand-mère, celle qui me faisait lire un livre sur une gomme magique détenue par un singe et qui me laissait ramasser et entasser mes bâtons pour construire mon échelle de géant pour monter jusqu'au ciel. Finalement, je n'ai pas construit d'échelle mais je me suis construite. Un peu différemment des autres. Un peu de travers. Mais construite quand même. Un jour j'ai arrêté de collectionner les bouts de bois dans la grange pour faire une échelle gigantesque. Un jour, j'ai accepté de retourner à l'école. Un soir, j'ai accepté de parler à ma mère sans qu'elle ne me réponde rien juste en m'approchant de la fenêtre pour fixer les étoiles et la lune. Ce jour-là, ma grand-mère a accepté elle aussi que sa fille soit morte. Et un matin « *ça faisait* » comme elle disait. J'ai passé des heures à converser avec elle. Voilà. C'est tout. Approximativement oui. C'est à peu près tout mais Clémence Gaspard a semble-t-il de nouveaux souvenirs que je n'ai pas encore.

- Je crois que c'est à moi maintenant.

- Oui.

- Judith et moi nous sommes rencontrés il y a trop longtemps. Elle rêvait… elle rêvait de devenir comédienne. Elle avait dix-huit ans. Elle était douée. Elle jouait. Je louais un appartement dans le vingtième arrondissement. Je terminais mes études et c'est à ce moment-là que j'ai commencé.

- Commencé ?

- À écrire. Commencé à écrire. Je m'en souviens très bien. Et tous les soirs j'allais la voir jouer au théâtre puis je rentrais et écrivais toute la nuit. Je me souviens encore de la ligne, de l'arrêt de métro, des trois rues et du petit passage qu'il fallait emprunter pour me rendre au théâtre. Elle me gardait une place. Toujours au troisième rang et toujours bien au centre. Puis je rentrais et j'écrivais toute la nuit. Elle voulait que je devienne écrivain. Elle serait comédienne. Nous rêvions bien et ensemble. J'ai commencé à écrire quand tu as appris à lire des histoires

Julia. Nous nous sommes autorisés à rêver en même temps sur supports différents. Et un matin elle était enceinte de ma fille Clotilde. Le bonheur a rempli l'appartement qui s'est transformé en maison avec de la lumière plein le salon. Judith continuait de parler de théâtre et son ventre grossissait, chaque nuit j'écrivais, toutes les nuits j'écrivais, chaque nuit elle jouait, toutes les nuits elle jouait. Notre Clotilde est née le matin du sept janvier. Dix jours après, le dix-sept janvier, j'ai trouvé un gendarme très sympathique accroché à la sonnette de ma porte d'entrée. Le matin. Un accident de voiture en rentrant du théâtre. Elle est partie dans l'heure. Je ne l'ai jamais revue. Rentrons Julia maintenant, je crois bien qu'il est temps, viens, il fait froid.

Nous ne savons pas ce qu'ils se sont dit mais ils reviennent. Nous préparons le plâtre. Les éléphants eux sont déjà en costume. Trois pièces. Ils sont très agités. La porte se referme, Michel Veillon attrape Julia Seural par la taille. À priori, il n'a plus qu'une idée en tête, faire gémir son corps. Il l'emmène rapidement toucher la polaire en passant par Venus l'étoile du soir. Ils n'y étaient encore jamais allés. Très bien.

Nous notons un désir addictif, insatiable, permanent. Une atmosphère apaisée par des révélations croisées certainement importantes, nous notons des éléphants fous mais dociles et quelques heures plus tard, deux corps repus épuisés par ces nouveaux excès. Nous notons.

Nous notons aussi que jamais elle n'a connu ça et que jamais il ne pensait connaître ça ce jour-là. Ils mettent un long moment à retrouver leurs esprits. Nous aussi. Françoise sourit toujours et fume à vau-l'eau. Tout va bien. Nous notons et pensons au moment absolu où notre précis sera enfin rédigé, notre notice de dressage formelle établie, notre didactique pachydermique incluant les cas particuliers, des éléphants unijambistes aux éléphants cyclopes, celle incluant les belles exceptions qui confirment les règles, nous pensons à l'ensemble des conséquences comportementales impactées par la compréhension de cette science inconnue. Il est tard mais jamais nous ne nous sommes sentis si proches de la réussite, comme une recette de cuisine où chaque ingrédient, chaque ustensile est important, sur notre plan de travail en granit nous notons la recette des lois et axiomes permettant le dressage des éléphants. La didactique pachydermique.

Avant d'aller se coucher, Michel Veillon souhaite descendre pour fumer. Julia Seural s'endort. Nous regagnons la cave apaisés. Notre Jean nous embrasse.

C'est la nuit, calme et profonde. Une heure puis deux passent. Il y a des bruits dans les escaliers. C'est Julia. Julia qui descend pour le rejoindre car il n'est toujours pas remonté. Elle le trouve dans la bibliothèque. Il a une marque de stylo sur le front. Son ordinateur est éteint. Il est pieds nus. Sa chemise blanche retournée jusqu'aux coudes, débraillée et tachée par endroits de quelques gouttes de vin. Son cendrier est plein. Des Caporal. Jean sourit. Il y a une bouteille de vin. La bouteille de vin est presque vide. Il lève les yeux en voyant Julia apparaître et entrer dans la pièce.

-    Peut-on rester libre en étant amoureux Julia ?

-    Je t'aime lui répond-elle. Viens te coucher nous reparlerons de tout ça demain. Tout va bien mon amour.

Ils   partent   se   coucher.

L'Hiver

Quand nous nous en sommes rendu compte on est sortis. Et on a couru. Couru à perdre haleine comme le disent les livres pour expliquer ces situations ubuesques. Jean nous tirait par la main, les traces étaient encore fraîches et la burle se calmait enfin. On avait de la chance : la neige. La neige et la trace fraîche de leurs pas disait Jean. Les plus gros pour le chef. Devant. Le patriarche et l'ensemble des autres traces pour sa harde. Derrière.

Alors, oui, on a couru à perdre haleine en oubliant nos affaires, quelques-unes de nos anciennes notes obsolètes et nos excuses à votre intention lecteur, nos excuses pour cette débandade soudaine non prévue mais obligatoire pour les retrouver et terminer notre ouvrage. *À bientôt* eûmes-nous envie de vous dire sans aucune certitude en empoignant nos bottes, notre bonnet et notre carnet. Prenez bien soin de la petite si notre absence est définitive. Tâchez de relire nos notes avec régularité, celles intitulées « la débandade pachydermique » sont en construction, nous ne manquerons pas de vous les faire parvenir par faucon.

« Julia, merci de ne plus m'envoyer de messages. Je compte sur vous. M.V. »

Merde une fois. Merde deux fois. Et je relis cette phrase en attendant une suite. Mais rien. Pas de suite. Juste un point. Mince et merde par trois fois. Je m'assois et allume la télé. La Terre ne s'est pas arrêtée de tourner c'est certain, pourtant je relis une seconde fois, comme un métronome bloqué, cette réplique bizarre à vouvoiement soudain. Je relis quatre fois et très rapidement pour bien vérifier.

« Julia, merci de ne plus m'envoyer de messages. Je compte sur vous. M.V. » Idem. Même phrase. Phrase qui n'a pas changé. Il est vingt-deux heures, il ne m'a pas donné de nouvelles depuis avant-hier. Moi, j'ai dû envoyer un million de messages sans réponses et autant d'appels dans le vide. Je relis. C'est la cinquième fois.

« Julia, merci de ne plus m'envoyer de messages. Je compte sur vous. M.V. » Avant-hier c'était merveilleux, Vénus dans mon lit, puis *Spartacus* dans ma chambre, *Lucile* sur ma table de nuit, *Jean-Louis Duroc* dans mon lit. C'était les éléphants en costume et mon cœur qui claque à tout rompre plusieurs fois dans la nuit. Je trouve que la situation n'est pas simple.

« Julia, merci de ne plus m'envoyher de messages. Je compte sur vous. M.V. » Je cherche la magie, je trouve du pathétique. Je pensais que l'aigle était juste trop occupé pour répondre un million de fois à un million de messages. En fait non. L'aigle est attaché à un poteau depuis avant-hier. Son maître lui a interdit formellement de voler avec un million de messages accrochés à la patte. Trop dangereux. La neige. Le froid. La burle. Le brouillard. Sûrement. C'est vrai qu'il a beaucoup neigé depuis deux jours.

« Julia, merci de ne plus m'envoyer de messages. Je compte sur vous. M.V. » à la fois, c'est une phrase courte et facile à comprendre. Je me lève et me rassois de suite, le portable vissé dans mes deux mains comme si je tenais un hiéroglyphe égyptien et que j'attendais le retour de Champollion de la machine à café. C'est une phrase simple mais incompréhensible. Camille ne serait pas d'accord. Pourtant c'est bien le cas, cette phrase est simple et incompréhensible.

« Julia, merci de ne plus m'envoyer de messages. Je compte sur vous. M.V. » Cette phrase et son point sont venus s'incruster sur l'écran de mon appareil téléphonique sans prévenir. Il est toujours vingt-deux heures mais avec trois minutes de plus. Champollion n'est toujours pas revenu. Il doit être en train de moudre le grain avec un pilon. Champollion aime-t-il les éléphants ? Il faut que je le prévienne. C'est primordial. À la fois c'est normal, pas d'expresso à l'époque, impossible pour lui d'appuyer sur la bonne touche du premier coup. Et puis s'il n'aime pas les éléphants, il n'a qu'à déguerpir.

« Julia, merci de ne plus m'envoyer de messages. Je compte sur vous. M.V. » Merde quatre fois. Vingt-deux heures et six minutes. Toujours assise.

« Julia, merci de ne plus m'envoyer de messages. Je compte sur vous. M.V. » Vingt-deux heures et sept minutes. Cette phrase n'a pas de sens. Enfin si, un sens, mais incompatible avec les éléphants, pas besoin d'être Einstein pour comprendre ceci voyons ! Alors pourquoi il me l'envoie à moi ? Il peut l'envoyer aux sept milliards de terriens qui tournent avec la Terre, je suis d'accord, mais pas à moi car je suis bien et de manière évidente, la seule personne à laquelle il ne peut pas l'envoyer. Qu'est-ce qu'il fout Champollion ? Et les éléphants ? Les a-t-il croisés sur le granit de la cuisine ?

« Julia, merci de ne plus m'envoyer de messages. Je compte sur vous. M.V. » Alors quoi ? C'est quoi cette phrase à point et ce vouvoiement soudain, une erreur ?

« Julia, merci de ne plus m'envoyer de messages. Je compte sur vous. M.V. » Oui, bien sûr ! C'est une erreur !

Alors, alors je prends mon appareil téléphonique, alors je suis contente de ma rapidité d'analyse sans avoir ameuté tous les gentils et bons hommes bien trop intelligents du Panthéon, alors je me dis que je vais être d'une amabilité d'exception à l'égard de Monsieur Champollion qui m'a laissé réfléchir le temps de moudre le grain, et j'écris, la chemise bien ouverte et le cœur bien mis à nu, j'écris.

Tu m'as fait peur ! Et si tu savais comme du coup je mesure à quel point je t'aime.
Julia.

C'est étrange, à cet instant-là, je repense à Lucile. Je me relève et lâche mon téléphone un sourire sur les lèvres. Il tombe sur le fauteuil puis rebondit sur le cuir en bipant. Déjà ! Mon cœur bat la chamade à tout rompre, je regarde autour de moi pour voir mes éléphants. Aucun. Il n'y a que Champollion et son café. J'ouvre la nouvelle enveloppe en m'attendant à une excuse exquise de mon aigle royal doublée d'un *j'arrive* avec ses trois petits points suspendus. « Je crains que vous n'ayez pas bien compris mon silence soudain. Nous nous en tiendrons là Julia. C'est terminé. Au revoir et merci. Michel Veillon»

Vingt-deux heures et dix minutes. J'ai lu. Je me retourne. Nom de Dieu, les éléphants sont partis, plus aucun dans ma chambre, plus aucun dans mon lit, plus aucun dans la cave, mon cœur et mes yeux, et Champollion n'était qu'un mirage. Nom de Dieu, la Terre, ce soir, s'est arrêtée de tourner.

Je n'avais plus de Doliprane. Ce fut le premier constat difficile de ma journée merveilleuse. Le second fut que ma tête ne supportait plus aucun mouvement rotatif quel qu'il soit. Le troisième que je m'étais couchée bien trop tard. Le quatrième que j'avais bu bien trop d'alcools forts que je ne connaissais pas. Le cinquième que nous étions dimanche et donc que les pharmacies étaient toutes bien fermées. Le sixième fut que son portable était toujours muet. Ma conclusion fut rapide.

Cette situation était épouvantable.

Épouvante pachydermique : Plus d'éléphants en une nuit.

Plus d'éléphants. En une nuit. Plus un seul. Ils me manquent atrocement. N'ai-je pas, d'ailleurs, qu'une seule et unique envie ? Si. Faire l'amour avec lui. Pourquoi sont-ils partis d'ailleurs ? Les éléphants. Je lui laisse un message sur son portable. Pas celui des éléphants. Le sien. Dois-je rappeler que ces putains d'éléphants n'ont pas de téléphone ? Lui si. Les éléphants devraient avoir un téléphone d'urgence. Je pars au plus pressé. Faire revenir les éléphants. Un message. Autant profiter. Laisser un message. Un message ultime. Le dernier. Après, je ne serai plus légitime si tant est que je l'eusse été un jour. Je constate que mon désir d'éléphants outrepasse ma crainte de l'appeler à nouveau et me procure très naturellement des vertus chevaleresques anéantissant à merveille toute forme de retenue. Laisser un message simple. Baise-moi à nouveau ou fais-les revenir ou ils me manquent. Message spectaculaire, merveilleux et épouvantable. Je laisse le message. Car hier n'est pas si lointain. Car les éléphants sont toujours en Europe, les boutiques en téléphonie sont légion, l'homme est un animal doté de conscience, l'éléphant par contre à l'évidence c'est moins certain, mais la compassion nom de Dieu est une règle animale universelle. Je décide de nommer cet instant épouvantable « la débandade pachydermique ». Ça ne sert à rien, mais il faut toujours nommer ses idées. Peut-être qu'un jour, quelqu'un explicitera mieux ce terme que moi dans un précis très précis sur ces situations extrêmes. La débandade pachydermique. J'expérimente cet instant. Petit bonheur sadomasochiste du lendemain de rupture. La débandade pachydermique. J'ai la tête à l'envers, les idées à l'envers, la vie à l'envers. J'appelle Kikoïne pour me soulager, il ne me soulage pas. Je l'aime. Il n'est plus là.

L'interlude passé je prends le temps d'observer ma cicatrice. Pas mal. Gigantesque et béante. Pas mal. Elle est là. Sur mon flanc gauche. Pas mal et ça fait mal aussi. Je l'aime. Il n'est plus là. Je décide rapidement de panser cette blessure démesurée avec du scotch premier prix puis, méthodiquement, je la recouvre d'un tee-shirt opaque et me résous à parfaire cette splendide matinée afin qu'elle me soit bien inutile. Je pars ainsi joliment au moins pressé : le scotch, le tee-shirt et l'absurdité de mes actions. Je vais me fixer un programme réalisable en attendant qu'ils reviennent tous. Ils reviendront tous c'est certain, les éléphants. Je trouve rapidement mon objectif oiseux : arrêter les gros mots, car depuis hier c'est chapeau bas. Les seuls mots qui sortent de ma bouche sont toujours les mêmes, un peu comme si je ne savais plus faire de phrases. Ce sont des vilains mots lancés dans le vide et à n'importe quel moment. J'ai même l'impression qu'ils sont vitaux ces mots vulgaires, comme des claques verbales me permettant de sentir physiquement ma rupture inattendue. Rien à voir avec les claques sur mes fessiers d'avant-hier. J'en pleurerais. La débandade pachydermique à nouveau. J'en pleure. Le tee-shirt saigne. J'éponge.

Du coup une phrase très simple devient mon slogan de journée, finalement ce sera de la semaine, mais je ne l'apprendrai que bien plus tard :

« *Mince je ne m'y attendais pas et je ne le crois toujours pas sacrebleu, mais pourtant c'est bien réel, flûte, il est parti, mince, et les éléphants sont partis avec lui, mince de flûte, il ne me baisera plus sacrebleu et palsambleu de mince de flûte de morbleu.* »

J'aurais pu aussi opter pour le traditionnel « *rien ne se perd rien ne se crée tout se transforme* » mais c'était beaucoup trop philosophique pour un lendemain d'ivresse sans doliprane et surtout ce n'était pas de moi. Ma phrase à moi était plus longue, plus concrète, plus raccrochée à mes capacités matinales. C'était pareil que « merde » sauf que c'était plus long à dire. Quatre mince. Trois flûte. Deux sacrebleu. Un palsambleu. Un morbleu. Je comptais en récitant. Dire dans l'ordre. Sinon on recommence. À postériori et en y repensant aujourd'hui ça n'a l'air de rien cette phrase, mais pourtant la concentration dont j'ai fait preuve ce jour-là et les suivants pour respecter mon vœu de chasteté langagière me prit beaucoup d'énergie et donc de temps. Ce seront d'ailleurs les seules minutes de répit pour mon cœur fracassé, mes murs fissurés, mon langage poivré et mon tee-shirt écarlate.

Je pouvais faire un café, travailler dans la serre, aller à la poste, traiter mes factures, recevoir un mail, en envoyer un autre, repenser aux faux tickets de rationnement de ma défunte grand-mère, préparer mon futur déplacement à Paris approchant, m'acheter des sous- vêtements sexy pour me faire harponner dans une boîte de nuit underground virtuelle en rase campagne, aller me promener, déblayer la neige pour Jocelyn Ambrossini, je pouvais faire tout ça en gardant en fond ma phrase médicament créée spécialement pour l'occasion. Le fait que je ne comprenne pas était secondaire. J'avais aussi pris le temps de monter une tente blanche dans ma tête avec noté dessus au marqueur « *Cellule de crise* ». Il fallait juste l'accepter. Pour l'instant interdiction formelle de sortir de ma pièce annotée à l'entrée « *Zone d'isolement de la passagère choquée et seule survivante connue du vol B712-MVEILLON&CIE.* » « Cie », c'était les éléphants, l'aigle, Lucile et Spartacus qui devaient eux aussi dans un monde parallèle avoir créé par obligation un camp de survie virtuel ou pas. Je ne savais pas. Je ne savais plus. Où étaient-ils, les éléphants, les miens ? Ils me manquaient tant. Seule Françoise souriait, et chaque matin, chaque nuit, chaque instant en fait, ce sourire était maintenant détestable. La débandade pachydermique avait bien eu lieu.

Camille prit le temps de venir s'installer dans la chambre bleue pour la semaine. Elle était d'un réconfort permanent. Elle me disait qu'il fallait que je prenne le temps de le dire et de le penser pour pouvoir l'accepter. Très bien. J'utilisais donc au mieux ma phrase et les nouveaux concepts qu'elle faisait naître en moi. Les mots de Victoire ou de Margaux eurent le même effet. J'acceptais. La débandade pachydermique durait donc une semaine. Il faudrait un précis pour noter cette chose-là. Il n'en existait aucun.

La semaine suivante débuta. Camille regagna ses pénates mais dîna avec moi chaque soir. Grâce à elle ou à moi, à Champollion ou au café, enfin... grâce à quelqu'un ou quelque chose, eh bien à mi-parcours je n'eus progressivement plus besoin de mon autodictée verbale. Ma phrase châtiée disparue, ma tente blanche fut vendue. J'eus besoin d'une dissertation à l'oral, avec thèse, antithèse et synthèse, tout bien comme il faut, car après avoir accepté, il fallait que je comprenne. Camille fut mon professeur émérite particulier quotidien. Je congédiai donc facilement ma phrase médicament pour écrire une magnifique discussion sur le sujet toute nouvelle et bien structurée. Ça lui plaisait les explications de texte à Camille, c'était son côté bien prof, bien ordonné qui pouvait enfin s'exprimer car elle était, bien malgré elle, excessivement perdue depuis le début avec mes éléphants très français.

La semaine suivante se termina. Évidemment il ne répondit à aucun de mes messages. Évidemment je ne compris rien de ce qui s'était produit cette nuit-là. Champollion, Camille et moi-même cohabitâmes donc au mieux durant tout ce temps-là. Quinze journées et quinze nuits exactement. Ceci serait à noter dans un précis fiable si un putain d'écrivain tentait un jour de le faire. Évidemment aucun éléphant perdu ne fut non plus retrouvé derrière un coin, un angle ou sous une tasse. Évidemment aucun ne revint. Évidemment je n'eus aucune explication. Évidemment. Champollion kiffa comme jamais faire du café au 21ème siècle, il en fut lourd. Un jour je lui mis donc un gentil coup de pied dans le cul pour l'éjecter de l'histoire. J'étais passée du stade de dresseuse d'éléphant à celui de sophiste, option très spéciale de technicienne en café. Évidemment j'exécrai ce moment, j'ôtai donc le scotch ce jour-là et jetai même mon tee-shirt dans la neige.

- Tu crois qu'il m'aimait ?

- Oui ou non.

- Tout ceci est une erreur magistrale de dressage Camille !

- Mais ce n'est pas catastrophique Julia.

- Si.

J'étais lucide. La débandade pachydermique était terminée. Les éléphants avaient repris leur route vers le Sud, ils devaient être très loin de chez moi maintenant. Seul un con ou une conne aurait tenté de les poursuivre. L'aigle devait être dans son nid royal accroché à la plus haute des cimes en train de parfaire ses aménagements pour tenir tout l'hiver. Spartacus, lui, avait sûrement aussi gagné son épée de bois, affranchi, presque libre et juste pour faire mentir l'Histoire. Rien ne collait. J'étais lucide. Lucile c'est comme lucide mais avec un l à la place d'un d et avec une belle majuscule. La lucidité pachydermique.

Il faudrait un précis. Je n'en ai pas. Que me reste-t-il alors ? La réponse me frappe de plein fouet, comment avais-je pu tout ce temps l'éluder à ce point… à cause de la douleur et du choc certainement… et de ce couillon de Champollion aussi ! Quelle conne ! Clémence Gaspard ! La notice ! Si notice il y a pour les faire revenir à l'évidence c'est chez elle que je dois la chercher ! À cet instant-là, j'eus l'impression de sortir d'une hibernation de dix ans, le printemps avant l'heure, un sursis. *Ça fait* me suis-je dit, finalement, *ça fait* pas trop mal, alors, ma débandade pachydermique sur le dos, je suis partie la trouver pour savoir.

Il est 11h45. Je suis dans les temps. J'aurai quinze minutes. Pas plus. Son déjeuner doit être prêt. Elle mange toujours à l'heure. J'ai donc un quart d'heure maximum. À deux pas maintenant, j'ai peur. Je veux la notice. Tu veux quoi ? me demandera-t-elle, je veux la notice Madame Gaspard, celle pour faire revenir mes éléphants. J'ai peur. Il ne me reste plus que dix minutes pour oser lui demander.

- Alors ? Tu cherches à attraper une pneumonie ou quoi ? Ça fait cinq minutes que je te regarde par la fenêtre et que tu es plantée là. Entre dis ! Et dépêche-toi tu veux !

Je ne réponds pas, je rentre.

- Tu es muette ou quoi ? Bonjour quand même ! Assieds-toi.

- Merci.

- Tu as mangé ?

- Non, il n'est pas encore midi Madame Gaspard.

- Tu veux manger avec moi ?

- Vous m'invitez ?

- Et pourquoi je ne t'inviterais pas Julia ? Tu n'as tué personne que je sache !

- Si.

- Oh ! Arrête veux-tu ! Ils ne sont pas morts tes éléphants, ils sont justes partis voilà tout. Mais je te préviens, ce n'est pas des frites.

- Ah.

- Omelette et fromage. Tout simple.

- Ah.

- Je pensais manger seule. File me chercher six œufs à côté s'il te plaît. Faut que tu manges à ta faim. Tu n'aurais pas maigri dis ? Tiens, voilà mon porte-monnaie. Prends des Chamonix, je n'ai pas fait de gâteau au vin blanc pour le café. Je vais rajouter ton couvert.

Alors, je suis partie à toute vitesse acheter ses œufs.

On a mangé en parlant d'une de ses jambes, celle qui lui faisait mal ce matin.

- Tu as terminé ton dessert ?

- Oui.

- On va faire un café quand tu seras prête ma Julia.

- À quoi ?

- Ben que je te raconte pardi ! Tu es venue pour ça non ?

- Non. Je suis venue pour les éléphants.

- Je sais.

J'ai accroché mon regard à la montée d'escalier. À un petit coin minuscule qui se dessinait entre le rebord d'une marche et la jointure d'un pan du mur et j'ai dit.

- Allez-y.

La France était coupée en deux depuis 1940. Je ne te l'avais pas dit la dernière fois mais aujourd'hui c'est important. C'est ainsi qu'elle a commencé. J'ai soupiré. Elle l'a vu. Et ta grand-mère et ton grand père étaient catholiques, ça non plus, je ne te l'avais pas dit la dernière fois et ça aussi aujourd'hui, c'est important. J'ai soupiré à nouveau. Je ne te dis pas ceci pour que tu l'apprennes bougre d'âne a-t-elle-dit mais pour que tu le gardes en fond voilà tout. Ces deux idées-là sont primordiales pour que tu comprennes : la France coupée en deux et la religion catholique de tes grands-parents. Laisse-moi le temps Julia, tout ceci est loin d'être simple et je suis une trop vieille dame, j'ai mal aux jambes en hiver. Arrête de me faire flic maintenant et concentre-toi.

Arrête de me faire flic. La phrase a raisonné dans ma tête. « *Arrête de me faire flic* » le signal du dépassement de la borne autorisée. Petite, avec ma Mamie, il précédait toujours un moment de silence pour me faire pardonner de l'avoir trop agacée. On peut dépasser les bornes avec des parents trop jeunes, jamais avec une grand-mère trop âgée. Les enfants savent ça et pourtant ils ne l'apprennent nulle part. C'est un instinct animal peut-être. Un instinct que j'ai gardé. Je n'ai d'ailleurs jamais vu ma grand-mère en colère, je l'ai juste vue s'agacer. « *Tu me fais flic* » a été le seul mot plus haut que l'autre qu'elle ne m'ait jamais dit.
Alors, j'ai fermé ma bouche.

Augustine et Jean continuaient gentiment leur trafic de faux tickets. Le village n'avait plus faim. Une routine bien luxueuse pour l'époque. Augustine, ma grand-mère, ne ferait courir aucun risque à sa famille. C'était son devoir d'épouse. La liberté s'arrête là où elle nuit à celle des autres, c'est bien ça ? Ta grand-mère n'était pas philosophe mais pourtant elle savait cela. Et cette phrase, ma Julia, pas un jour ne passa depuis ce temps-là, sans qu'elle ne me la dise.

J'avalai une gorgée de café.

Augustine triait ses tickets avec ardeur et avec l'aide du curé. Elle résistait en donnant plus de pain à manger. Elle résistait et voulait résister. La liberté ma Julia. La sienne. Un jour, au petit matin, un client inconnu est rentré. Un protestant. Elle arrêta de parler pour voir si ce mot soulevait quelque chose en moi, mais comme il ne soulevait rien, elle continua.

J'avalai une gorgée de café.

Dans la région ma Julia, et depuis toujours, il y avait les protestants et il y avait les catholiques. Et au village, enfin chez nous, des protestants il n'y en avait pas. Ce n'était pas que ton grand-père n'en avait pas comme client, c'était juste que dans notre commune, il n'y en avait pas. Ils habitaient dans les autres villages à quelques kilomètres. Comme tu t'en doutes, le protestant, ce matin-là, ne venait pas pour acheter du pain. Ou des navettes à la fleur d'oranger. Il venait du village d'à côté. C'était Augustine qui servait. Comme il était très tôt, elle était seule avec lui. Ça tombait plutôt bien. Il a dit qu'il voulait du pain mais qu'il en voulait beaucoup. Ta grand-mère a sursauté. Déjà, elle ne le connaissait pas et en plus elle se doutait que s'il en voulait plus, c'était qu'il savait que chez elle on pouvait en avoir plus. Alors sans attendre la réponse de ta grand-mère, il a expliqué pourquoi il était là.

J'avalai une gorgée de café.

Ce qu'il faut bien te dire Julia, c'est qu'à cette époque-là, les gens étaient pudiques. Et encore plus pendant la guerre d'ailleurs. Expliquer de but en blanc à une boulangère inconnue ne se faisait pas, mais alors, pas du tout. Pourtant il l'a fait. Il était venu à pied pour la trouver elle, il était passé par les bois pour que personne ne le voie. Village catholique, village protestant, une autre frontière. Il connaissait l'action qu'avait entreprise le village pour les tickets et le pain. Il savait que tout était parti d'Augustine et du curé. Et c'était pour cette raison qu'il était venu la voir elle, de si bon matin, car le curé, eh bien, il ne pouvait pas.

J'avalai une gorgée de café.

Chez lui, dans son village protestant, tout était organisé. Son village était une étape. Il avait été désigné l'avant-veille pour venir nous trouver dans notre village catholique. Ils avaient besoin d'aide. De nouveaux lieux d'accueil. Des réfugiés de plus en plus nombreux arrivaient de toute part. L'Europe était en sang et son village plus suffisamment grand. Nous trouver, pas exactement, la trouver elle plutôt, Augustine, ta grand-mère. Son village à lui était une étape et cette étape avait besoin de nouveaux refuges. C'est d'ailleurs là qu'il a cessé de parler. Et c'est d'ailleurs cette phrase qu'il était venu lui dire ce matin-là. Augustine, ta grand-mère, ne dit rien. Cet homme était protestant et elle catholique, les enfants à sauver eux étaient juifs, c'était à la fois très simple, et très complexe. Elle était boulangère et connaissait beaucoup de monde, c'était à la fois très simple et complexe je te dis.

J'avalai une gorgée de café.

Ton grand-père est arrivé à ce moment-là. Les mois qui ont suivi, très régulièrement, il est donc revenu, emmener ou reprendre des passagers clandestins en transit vers nulle part. Il venait très souvent. Tu peux comprendre Julia. Julia tu comprends ?

J'avalai une gorgée de café.

- Je souhaite arrêter ici Julia. Pour aujourd'hui c'est suffisant. Julia tu comprends ?

- Non.

- Quand pars-tu à Paris pour ta formation dis-moi ?

- Dans la semaine.

- Alors pars à Paris et reviens me voir après…

- Ah…

- Rien ne presse que diable ! Laisse filer tes éléphants, la notice que tu cherches, ma Julia, n'est pas périssable.

J'avalai une gorgée de café froid. Comment s'appelait cet homme lui ai-je alors demandé en pliant mes bagages. Jean, il s'appelait Jean m'a-t-elle répondu. J'ai terminé mon café froid. Il y a quinze jours le monde s'est bien arrêté de tourner, et il a décidé en même temps de ne rien m'épargner. Ces révélations inattendues en héritage en plus, ma peine pachydermique toujours bien sur mon dos, j'obéissais hébétée et quittais les lieux sans la fin de mon histoire.

Dans le train qui me mène à Paris, je repense aux mots de Clémence. Je mélange ma débandade pachydermique au sauvetage collectif entrepris par ma grand-mère et dont elle n'a jamais souhaité me parler. Pourquoi ? Je m'assoupis. Je me réveille. Je ne comprends rien. Je ne comprends rien. Silence dans le train. Cette histoire de silence est toute nouvelle pour moi. Je ne sais pas pourquoi il est parti. Je ne sais pas pourquoi ma grand-mère ne m'a jamais rien dit. Silence dans le train. Je regarde mon téléphone, je cherche des précisions sur les Justes dans une encyclopédie virtuelle et aussi un message caché de mon défunt aigle royal dans ma messagerie virtuelle personnelle. Rien. Toujours rien. Aucune notification sur ma grand-mère, aucun coup de fil oublié ou en absence, un matin ou un soir. Aucune explication donnée. Silence. Se soumettre au silence. La chose la plus difficile que je n'aie jamais eu à faire. Le silence, je ne connaissais pas. Se taire. L'aigle messager est un fantôme d'aigle, mes questions s'amoncèlent comme des lettres que l'on ne peut expédier, bloquées et détruites au fur et à mesure qu'elles prennent trop de place même entassées dans un coin caché de mon cortex cérébral. Silence. Le silence, la pire arme qui soit pour désarmer quelqu'un finalement. Les freins résonnent, j'arrive enfin à Paris dans mon wagon silencieux et ma tête désarmée.

Arrivée à Paris, Margaux est déjà là. Voilà le programme du weekend me dit-elle, pas de programme, ça te va ? J'avais eu la même idée dis donc lui dis-je en l'embrassant sur le quai.

Comme le plannîng ne le prévoyait pas nous sortîmes donc chaque soir, l'après-midi nos discussions, l'après-midi nos balades boulevard Haussmann puis nos cafés dans le quartier latin, l'après-midi nos sourires béants devant les vitrines animées, nous rajoutâmes l'idée d'un thème musical pour chacune des soirées et varier les plaisirs. Remettre la musique. Ça faisait. Le lundi mes cours horticoles débuteraient. Ça ferait.

C'est la première soirée que je garde dans la tête. Tout d'abord, c'était la première, ensuite elle commença sans attente et sans préparation préalable. Premier verre. Au comptoir. Second verre. Beaucoup de verres. Le bar est trop rustique. On part. On enchaîne les comptoirs. Chaque fois plus d'entrain. C'est drôle et je ris enfin. Je me surprends à avoir envie d'élaguer, de trancher dans le vif, de couper des têtes, et d'en couper encore plus si ceux qui osent nous croiser ont les cheveux gris, un aigle tatoué sur le bras et une grand-mère Juste. C'est drôle. Je ris. Excès de verres. Ça fait. Ça fait aussi rire Margaux qui me dit qu'elle ne m'a pas trouvée aussi en forme depuis très longtemps. Nom de Dieu que ce silence me plaît ! Il me présente à mon amie sous une forme olympique ! L'olympisme pachydermique, une définition à noter pour le gai luron ou la gai luronne qui essaie d'écrire un précis à la con de didactique pachydermique. Après c'est alcool dans les veines et sensation étrange de lâcher prise excessive primaire. Olympisme pachydermique. J'ai du mal avec les phrases construites. Je suis anesthésiée, j'ai l'impression de me balader en tenue d'été, les pieds nus dans Paris en plein hiver en poussant les portes des accueillants troquets. Je suis bien. Un poisson dans de l'eau minérale alcoolisée. Deux heures du matin, poisson bourré et son acolyte bourré aussi ont très envie de danser. On nage plus loin. Musique qui tape et retape. Les basses. Impression d'un morceau infini avec juste quelques variations d'amplitude pour nous laisser le temps de faire basculer dans nos gorges un breuvage violet acide servi dans un tube à essai. Au comptoir. Toujours ma fiole dans la main. Margaux danse. Sur la piste. Je la regarde. De mon côté grande discussion avec celui qui offre un nouveau tube à essai violet. Puis main qui se faufile. J'acquiesce et je fais basculer ma fiole. Je laisse partir mes hanches, ses mains sont douces, il danse bien et il ne savait même pas que la France avait été nazie le 22 juin 1940. L'alcool et le son rendent les parades très animales. Je ris. Je m'esclaffe. Aucun éléphant, aucun aigle, juste des bonobos en rut plein la boîte. Je m'esbaudis. Le mien est con, beau et direct. C'est le moment de la parade, il se débrouille plutôt bien, c'est un bonobo performant, je plaque mes yeux dans les siens et de très exalté il passe à très déçu très vite. Mauvaise pioche lui dis-je. Je clôture la parade en lui offrant toutes mes plates excuses et une fiole violette fluo aussi. Mon bonobo danseur retire rapidement ses mains, boit la fiole d'une traite, et part dans la seconde se saisir d'une autre proie. Après je crois que je monte sur le comptoir pour danser.

Ça fait.

Je passe deux nuits à m'enivrer. L'alcool dans les veines, les cigarettes entre les lèvres. Je hais les bonobos. Les singes et les éléphants ne sont pas de la même espèce. Si ma grand-mère était là, peut-être saurait-elle. Ma grand-mère n'est plus là. Dis Mamie, les bonobos et les éléphants sont-ils capables de cohabiter ou l'un exclut-il l'autre ? Il faudrait un précis, je sais, un précis sur le règne animal et les interactions possibles entre chaque espèce. Eléphantidae & Hominidae.

- Julia, tu n'es pas comme d'habitude. Tu penses à lui, ça se voit.

- Un peu, oui.

- Et tu n'en parles pas.

- Je n'en parle plus car tout ça m'agace terriblement.

- Il te manque quand ?

- Tout le temps Margaux, il me manque tout le temps.

Ma formation en rustique fut merveilleuse. Je fus consciencieuse comme jamais, très appliquée comme toujours, parfaitement studieuse, et presque trop performante. La semaine avança et je pris cet instant pour ce qu'il était : un luxe. Ou une évasion. L'échappée belle à prix fort. L'exode justifié à point nommé. À la fin de la semaine je respirais à nouveau, avec une technique différente peut-être, mais oui, je respirais tout de même. L'exode pachydermique me dis-je, la face B du choc frontal certainement.

Le dernier jour arriva très vite. Nous fûmes tous et toutes libérés bien plus tôt. Je remerciai alors chaleureusement mes pairs, non pas de me libérer plus tôt, mais de m'avoir à nouveau réappris à respirer autrement en seulement une semaine. Ils ne comprirent pas mon laïus respiratoire pas commun, je pris alors une bouffée d'air frais dans l'entrée et notai simplement leurs adresses mail au dos d'un papier inutile que je jetai dans la première poubelle trouvée sur mon passage, mais uniquement lorsque je fus hors champ. Très bien me dis-je, très bien, car je respirais à nouveau. Le reste m'importait peu.

Comme il est vraiment tôt et que mon train part vraiment tard, je décide d'aller respirer n'importe où sans tuteurs. Flâner n'importe où. Au hasard. Badauder sur l'asphalte en récitant Queneau. Reprendre ma vie comme il faut. Tester ma nouvelle respiration accompagnée de ses mille barons baltes. Travaux sur la voie. Mince. Sortie de métro différente. Il faut sortir ici. Ah. Ici alors. Je sors ici. Je jette les adresses. Je marche, je respire. Place Vendôme. Tiens ? Place immense, trop carrée, trop parfaite, une des places les plus tristes du monde. Place hautaine. Place distante. Ce n'est pas grave, je marche, je respire, je réinvestis mes nouveaux acquis, mon train est plus tard, au moins ici il n'y a pas de bonobos danseurs. Mes talons claquent. Les bijouteries en enfilade. Les décorations de Noël. Même les voitures n'osent pas s'aventurer dans ce lieu de peur de déranger la place. Je constate. Je marche. Passons vite. J'appuie sur la playlist d'un anonyme pour me redonner de l'entrain et finir ma promenade. Passons. Dallage excessif partout. Personne. Je marche je respire place vide. Cette place est souvent vide. Ah non. Sauf un. Tiens ? On est deux ici alors. Un, mais sur le trottoir d'en face. Ah oui, on est bien deux. Lui et moi à quinze mètres. Lui. Un type aux cheveux noirs même un peu gris. J'avance, il tourne maintenant le dos à la vitrine du joaillier. Le joaillier ne doit pas être content. Je souris et je-marche-je-respire, mes nouveaux acquis sont fiables. Il

247

m'observe. Il a vraiment les cheveux gris. Je l'observe. Cheveux poivre et sel confirmés. Non, il me regarde. Je marche je respire. Il est loin mais j'ai l'impression qu'il me regarde. Ce type lui ressemble.

Arrête de divaguer. Je-marche-je-respire.

Et si c'était lui ? Je marche. Ce n'est pas possible que ce soit lui. Mais il lui ressemble. Sa taille. Son allure aussi. Je ne vois pas ses mains mais je suis sûre que ses mains aussi sont les mêmes que les siennes. Hallucination pachydermique ? Si c'était lui ? Je ne marche plus. Je stoppe net et je respire mal.

Lucile et Spartacus

Le type qui ressemble à Michel fait partir sa main droite dans ses cheveux, la main droite marque une pause derrière la nuque puis revient sur le bas du visage. L'homme semble se figer ahuri, lui et ses mains, la main gauche dans la poche, la droite qui cache son menton étonné. C'est lui. Je suis sûre que c'est lui, non pas parce que je le reconnais, il est trop loin, mais parce que son attitude le trahit. Il est là alors ? à dix ou quinze mètres ? avec sa veste d'adolescent noire et bleue à capuche place Vendôme et sans son costume. J'ai le cœur qui menace d'exploser. Je m'arrête. Je voudrais un muret. Un muret place Vendôme messieurs dames c'est possible ? Là, ici, au milieu du rond-point s'il vous plaît, peut-on faire apparaître un muret ou un banc très simple et simplement toujours pour que je m'assoie et que je respire un peu mieux car je ne respire plus. Et il n'y a même pas un banc blanc nom de Dieu ! La place Vendôme c'est la colonne point barre, même un banc, ce serait trop humain, alors un muret, impossible.

Un pion sort alors de chez Boucheron. Un pion en costume trois pièces. Je dégrafe un bouton pour cesser mon apnée. Ça marche. Je regarde mes pieds et cherche une phrase à dire s'il approche. Il va approcher. Ou bien c'est moi qui vais approcher. Je repars en apnée, c'est dangereux d'être en apnée. Il me faudrait vraiment un banc stable. Après quelques secondes, je redresse le visage

249

prête à me trouver nez à nez avec lui. J'ai trouvé la phrase toute faite quand j'avais un peu d'air, elle est dans ma tête. Je tente le diable et prends une gigantesque gorgée d'air frais. Place vide. Obélisque Vendôme toujours en place. Dallage excessif aussi mais place vide. Ça sert à quoi de respirer finalement ? J'effectue au ralenti un tour à trois-cent-soixante degrés. Toujours personne évidemment. Un mirage alors, une hallucination pachydermique place Vendôme c'est possible ? Je quitte définitivement mes écouteurs pour faire claquer mes talons sur le pavé. Je constate avec effroi que le rôle de ces maudits pavés aujourd'hui était de faire hurler mes talons. Je dévisage chaque passant que je trouve sur un kilomètre ou plus, mais il ne réapparaît pas. Je pense alors à Modiano et à une petite phrase de roman très juste qui voulait dire quelque chose comme : *« Si on fait le compte, ils sont très rares les instants où l'on croise par hasard les gens qui ont compté pour nous »*. Je repense aussi à Oui-oui et à sa gomme magique, les livres sont des histoires imaginaires. Hallucination pachydermique à la con !

C'est elle ou pas ? Elle a échangé son jeans contre un tailleur chic et des talons hauts mais c'est elle, j'en suis sûr. Je reconnais son allure désinvolte et son regard qui me cherche. Qu'est-ce qu'elle fait là ? Pourquoi serait-elle là ? Elle n'a rien à faire là. Elle est jolie. Mais qu'est-ce qu'elle fait là ?

- Monsieur Veillon ?

- Oui Albert.

- La luminosité vous aide-t-elle mieux à choisir ?

- Oui, celle-ci.

- Laquelle ?

- Celle à gauche devant la rose pâle.

- Ah… mais vous ne l'avez pas vraiment regardée avant-hier. Et Inès m'avait dit…

- Celle-ci je vous dis. Et je l'ai suffisamment regardée. Inès veut une Boucheron non ?

- Euh, oui.

- Rentrons pour régler rapidement s'il vous plaît.

- Monsieur ?

- Oui.

- Vous allez bien ? Nous pouvons attendre...Noël n'est que dans dix jours et...

- Pourquoi dîtes-vous ça Albert ?

- Vous semblez souffrant... Vous tremblez monsieur depuis que nous sommes entrés... Et un achat aussi important... sans vouloir vous commander.... Pour Madame De Ris, en plus... Son père est un client depuis longtemps, alors, enfin...

- Enfin, je prends celle-ci point barre et que je l'aie mal regardée, ça me regarde justement. Vous n'êtes pas perdant, c'est de loin la plus chère.

- Oui. Très bien monsieur.

Albert s'appliqua à empaqueter la montre dans le plus bel écrin mais Veillon s'impatientait toujours. Avait-il un rendez-vous ? Albert pensa que s'il était si pressé, il ne fallait pas venir ce jour-là pour acheter ce bijou. D'autant que Inès était passée dans la semaine pour que lui, Albert, oriente Monsieur Veillon sur un tout autre choix. Mais quelle mouche l'avait donc piqué à la fin quand ils étaient dehors tous deux ! Parole de joaillier, cette vente-là, il s'en souviendrait. Il appellerait tout de même Madame demain pour lui glisser que son mari avait seul décidé laquelle conviendrait, mais qu'au niveau du prix, elle n'était pas perdante. Il eut l'impression d'entendre un bruit sourd inhabituel, comme un barrissement. Il aurait juré avoir entendu dans la réserve du magasin au sous-sol un barrissement d'éléphants hurlant à la mort. Ça lui glaça le sang. Nom de Dieu, se dit-il cette vente-là, il ne l'oublierait pas ! Il appela Alberte, sa compagne, une furieuse envie de respirer en baisant lui avait pris à l'instant.

Hallucination pachydermique à la con, mon cerveau m'a joué des tours voilà tout. Ce genre de détails arrive bien souvent dans ce genre de cas-là. Dissiper toute équivoque. C'est tout. Regagner mon train et respirer à nouveau d'une manière différente, mais respirer tout de même. Hallucination pachydermique à la con, il faudrait vraiment un précis pour anticiper ces phénomènes-là, qu'ils ne me reprennent plus jamais par surprise. Un sosie frappant ça arrive, qu'il disparaisse en dix secondes, c'est son droit. Respire, expire, respire, expire, et monte dans ton train.

-   J'ai beaucoup hésité mais je me suis dit que ces chocolats-là vous plairaient.

-   Des After-Eight! Oh merci Julia! Avec les sarments du médoc, ce sont mes préférés. Il ne fallait pas ma Julia, il ne fallait pas...

Je suis retournée la voir dès que je suis rentrée. Elle m'avait préparé tout le matin un repas de fête avant l'heure. Deux entrées. Des frites. Puis le rosbeef après. Le rosbeef jamais en même temps. Ce serait un sacrilège m'a-t-elle dit. Je savais déjà. Je ne savais pas qu'elle m'aurait préparé un repas. Elle m'avait préparé un repas. J'espérais qu'elle kiffe les After-Eight. Elle kiffait les After-Eight. Chez Mamie aussi quand j'étais petite, la viande faisait son entrée quand je n'avais déjà plus faim. Un repas de fête du début à la fin, du fromage de pays puis deux desserts individuels pour nous deux arrivés directement de la pâtisserie Blanc, une religieuse et un éclair au chocolat, puis le café avec une part de gâteau au vin blanc au cas où. Veux-tu la suite aujourd'hui Julia ? Parce que, si tu veux la suite Julia, eh bien aujourd'hui tu veux l'année 42 m'a-t-elle demandé. Je n'ai rien répondu.

-   Alors Julia ? L'année 42 ?

J'ai tout mangé ma religieuse Mamie et je l'ai écoutée. J'ai même cru te voir un instant assise face à moi en train de crocheter le joli couvre-lit que tu m'as offert pour mes dix-huit ans. J'ai tout mangé ma religieuse Mamie et je l'ai écoutée. Elle est loquace ta copine, elle discute ta copine, elle me raconte très bien. Pas aussi bien que toi bien sûr, mais elle prend une peine folle à bien me raconter, je ne sais pas pourquoi elle fait ça, le repas et bien me raconter, tout ce que tu ne m'as jamais dit pour me laisser respirer. J'ai tout mangé ma religieuse Mamie, elle était très bonne. Derrière toi, quand elle parlait, il y avait aussi un fantôme d'éléphant qui souriait, alors tu comprends Mamie, ben moi, j'ai été asphyxiée tranquillement et je l'ai écoutée. Putain d'hallucinations pachydermiques à la con me suis-je dit sans rien dire pour ne surtout pas la faire flic.

Y'avait plus trop d'air quand j'ai appris le nom des enfants que tu avais réfugiés. Fortunée en premier. Fortunée est restée toute la guerre. Fortunée. La petite fille juive cachée dans les combles, c'est la phrase qu'elle m'a dite. Toute la guerre elle m'a dit, toute la guerre Mamie. Et les autres. Fortunée toute la guerre. Toi tu crochètes tranquillement avec le fantôme d'éléphant derrière toi, moi j'écoute. Putain d'hallucination pachydermique Mamie. Il y a dix minutes je ne savais pas que Fortunée existait tu sais... Il y a trois mois je n'avais jamais vu d'éléphants non plus tu sais... Est-elle morte aujourd'hui Fortunée-toute-la-guerre ? Tu ne sais pas. Moi non plus. Tu crochètes... Où sont les éléphants maintenant ? Fais gaffe Mamie, t'as un fantôme d'éléphant derrière toi. Il n'y a vraiment pas assez d'air dans cette cuisine. C'est toujours le même homme qui vous les emmène ces enfants, ils passent par la boulangerie, puis ensuite ils continuent leur migration dans un pensionnat avant de voyager vers la Suisse. Ils migrent en passant par chez toi. Et Fortunée toute la guerre. Celui du départ, le protestant, c'est lui qui vous les emmène ces petits. Chaque Lundi, il entre, tu prends la petite étoile jaune par la main, tu l'arraches doucement au ciseau pour ne pas lui faire mal, et tu lui trouves une lune catholique à laquelle s'accrocher. Chaque Lundi. C'est casse-gueule, compromettant, préjudiciable, audacieux Mamie ton truc de l'étoile... C'est à ça que je pense dans cette cuisine irrespirable en te regardant crocheter avec ton fantôme d'éléphant, tu étais audacieuse alors ? Les fantômes d'éléphants rigolent. Dis aux éléphants de partir s'il te plaît, les fantômes me font peur. Après elle me parle des rafles qu'il a fallu déjouer pour garder Fortunée-toute-la guerre. La liberté c'est choisir elle me dit. Choisir c'est risquer elle rajoute. On dirait un Jedi ta copine Mamie, elle parle à demi-mot, elle parle sans rien dire. Tu as pris part à un sauvetage collectif alors Mamie ? Tu as fait ce choix ? Celui de transformer chaque ferme en refuge, chaque cuisine en asile. Pourquoi il y a un éléphant mort derrière toi ? Je ne le savais pas. Sans rien dire. Même à moi. Même après. Pourquoi sans rien dire ? Pourquoi l'éléphant mort rigole encore ? Et Fortunée toute la guerre. Les souvenirs trop forts sont gravés plus fort que les autres Mamie, parfois on arrive même à se souvenir des vêtements que l'on portait et des paroles dites mot à mot. Le cerveau humain est vraiment un organe particulier. Aujourd'hui j'ai un jeans bleu et un pull rouge et je respire mal.

- Je n'ai pas terminé me dit-elle, puis elle me verse un café.

Aujourd'hui j'ai un jeans bleu et un pull rouge et je respire mal.

- Le soir même où il est venu, elle est venue me trouver moi ma Julia. Pour parler.

- Qui ?

- Le protestant pardi bougre d'âne !

- Ah, dis-je, Jean ?

- Oui, Jean. Le soir même du premier jour peuchère...ta grand-mère est venue me trouver.

Aujourd'hui j'ai un jeans bleu et un pull rouge et je respire mal.

-   J'étais avec Marcelle, tu sais bien… Marcelle Vallières, la mère de Louis.

-   Ah.

-   Elle était bizarre Augustine. Et c'est là qu'elle m'a dit.

-   Elle vous a dit quoi ?

-   Que quand il était entré le matin, son cœur s'était mis à battre si fort qu'il avait failli décrocher.

-   Ah.

Aujourd'hui j'ai un jeans bleu et un pull rouge et je respire mal.

-   Que même avec mille et un éléphants en étau qui l'auraient oppressée de toute part, sa poitrine, elle, aurait continué à vibrer, incontrôlable et plus fort. Elle m'a dit que c'était une émotion violente non mesurable, non maîtrisable, qu'elle aurait pu la confondre avec la peur car les sensations semblaient très proches. Enfin, et pour finir, elle m'a dit que quand il était entré, derrière lui, derrière elle et de toutes parts, il y avait mille et un éléphants.

Aujourd'hui j'ai un jeans bleu et un pull rouge et je respire mal. Le Jedi continue mais je ne l'écoute plus. Le choses s'imbriquent les unes dans les autres. Écoute-moi Julia ! J'écoute plus. Putain d'instinct pachydermique à la con, et de transmission génétique pachydermique   péremptoire !

Le Printemps

Je courais toujours et chaque jour. C'était une activité standard en accord avec le dégel et le retour des premiers rayons de soleil. Je partais toujours du monument aux morts en saluant le corbeau. Je revenais toujours au monument aux morts en saluant le corbeau. Et le premier jour du printemps, je respirais mieux, c'était une conséquence en accord avec ma course à pied hivernale.

Je courais les poings serrés, donnant ainsi à mes foulées l'impression étrange d'un combat virtuel contre le vent. Je courais, je respirais et mes poings se resserraient. C'était un acte musculaire très surprenant mais aucunement gênant finalement. Poings serrés comme des boules en acier.

Tout ceci était devenu une habitude accommodante : courir le matin jusqu'aux larmes et sans larmes avec les poings serrés comme des boules en acier en évitant la crise d'asthme, la journée rempoter mes pots de vivaces et rustiques et le soir, lire des précis sur l'évolution comportementale des espèces animales à grandes trompes. Très bien. Je courais. Je respirais. Le printemps à poings fermés. Je me sentais plus vivace et rustique que jamais.

Mamie voulait les dresser. Je respire à pleins poumons en entendant cette nouvelle phrase qui ne m'étonne plus du tout bougre d'âne. Clémence Gaspard continue. Je refuse quant à moi de manger une autre de ses parts de gâteau au vin blanc. Elle en est surprise, moi plus du tout.

- Augustine m'a dit qu'elle ne pouvait les faire fuir alors...

- Alors qu'elle allait les dresser.

- Oui Julia. Comment as-tu deviné petite ? Ta grand-mère voulait les dresser. Dresser ceux qui se déplaçaient à chaque fois qu'il entrait dans la boulangerie. Ceux-là même qui étaient apparus le premier jour qu'il était entré, les éléphants, les siens, ta grand-mère voulait les dresser...

- Chaque lundi.

- Chaque lundi, elle s'y essaya, oui...

- Mais elle n'y parvint pas.

- Non. Comment le sais-tu peuchère ?

- C'est le corbeau qui m'a dit.

- Le corbeau ? Quel corbeau ?

- Le corbeau silencieux sur le monument aux morts. C'est tout. Celui qui attend comme un con le réveil du soldat muet de 14.

Elle inspira beaucoup comme si elle manquait d'air. Je pensais au corbeau : était-il enfin parti maintenant ? Puis les rafles se sont multipliées elle dit, et une nuit, peuchère, une nuit vois-tu... Quoi ? Eh bien, il a été fusillé. Où ? Dans le champ et enterré sous l'arbre. Dans mon champ ? Sous l'arbre ? Oui, puis enterré. Enterré à la hâte. Enterré dans l'urgence. Enterré dans la nuit. Enterré pour ne pas laisser de traces et enterré pour protéger les vivants, ceux qui restent, l'ensemble du village des représailles, vois-tu ? Je voyais. Enterré en cachette pour éviter le pire : le village brûlé en entier. Il n'avait pas d'enfants, personne n'a jamais demandé après lui et le village n'a pas été brûlé. On l'a enterré dans ton champ, sous cet arbre dont je ne connais pas le nom. Un chêne j'ai dit. Un chêne si tu veux elle a répondu. Ce champ est un cimetière. Le cimetière des éléphants de ta grand-mère Julia. Ta mère, elle, est née huit mois plus tard. Il s'appelait bien Jean ton grand-père, vois-tu, mais Jean Graton. Je vois j'ai répondu.

Et c'est là que mes poings se sont serrés pour la première fois.

Je pense à Françoise. Je pense à ce livre qui veille mes nuits et a veillé celles de ma mère avant moi. Mémoire pachydermique à la con. Testament pachydermique de conscience.

Et le boulanger alors ? Le jour où le boulanger l'a su, il en est mort sur le coup à son tour, il avait tout juste soixante ans. Ce jour-là, Augustine s'est promis de ne plus jamais rien dire de tout ça à personne, ne plus jamais rien dire, surtout à toi. Le silence pour protéger les autres, pour te protéger toi sa petite fille adorée. Je respirais à pleins poumons, j'avais tout, il ne me manquait rien, elle, elle suffoquait. Et c'est là qu'elle m'a dit :

-   Sauf si un jour, les éléphants revenaient...

-   ...

-   ... le cimetière Julia... le cimetière des éléphants, ils y reviennent toujours. C'est dans leurs gènes petite.

Clémence ? Ai-je dit en prenant une dernière bouffée d'air et en la voyant s'asphyxier. Oui petite m'a-t-elle répondu en suffoquant toujours. Ils existent vraiment alors ces putains d'éléphants Nom de Dieu ? lui ai-je demandé, elle s'est asphyxiée puis elle m'a dit.

- Julia, ta grand-mère aurait tant aimé t'aider petite.

- Mais à quoi donc Madame Gaspard ? ai-je répondu en pensant au corbeau et en lui maintenant la tête haute.

- À les dresser peuchère petite, à les dresser…

Il faudrait un précis ai-je dit, pour ce genre de détails. Elle m'a souri et est restée en vie. L'essentiel dans une chose essentielle est de la comprendre entièrement, qu'importe le temps qu'on y passe vraiment ai-je dit.

•

Après, ben après, je suis partie voir si le corbeau s'était envolé. Il était toujours là. Mes poings sont restés très serrés et j'ai commencé à courir ce jour-là. J'allais me concentrer sur mes ruches dorénavant. Les abeilles. Ces petites bestioles soudées et travailleuses qui donnent leur vie pour la colonie et qui, à elles seules et bien groupées, pourraient sans doute tuer un troupeau d'éléphants instinctifs migrateurs en balade.

L'usine est construite et s'ouvre, à cent ou dix kilomètres, mais l'usine est construite. Le cimetière reste intact alors j'achète de nouvelles ruches et j'apprends, comme Mamie l'a fait avant moi, j'apprends à desserrer mes poings, à faire le gâteau au vin blanc à parler au corbeau sur le soldat muet et à dresser les abeilles. J'apprends à attendre qu'ils reviennent. Je trouve aussi du plâtre dans la grange et je comble en une journée à peine toutes les fissures restantes, celles que Mamie avait débuté elle aussi de cacher bien avant moi certainement. J'ai envie d'acheter un carnet pour écrire un précis. Je ne le fais pas car aucun ne semble me convenir. Camille ne comprend pas. Moi non plus. Tout ceci est très simple et complexe, très instinctif certainement, Camille ne peut pas comprendre. L'été va bientôt arriver. Les abeilles chantent et les abeilles butinent en chantant. Très bien me dis-je chaque matin en observant Françoise. Très bien, en dressant les abeilles.

Le jardin s'agrandit, les commandes de Jocelyn Ambrossini doublent et un tout petit espace au fond de ma serre naît. Je prends un temps fou à l'aménager au mieux. Il est revêtu d'un plancher exotique caramel, de deux tables individuelles à lamelles de bois bleu ciel accompagnées de quatre chaises vert pomme à lamelles elles aussi, avec un petit coussin sur l'assise de chacune d'entre elles. Pas plus. Mais avec du teck au plancher et la verrière au plafond, le bassin et les deux bananiers géants protecteurs, ça rend plutôt bien dit Camille. Moi je pense à enlever les bananes.

Les abeilles chantent. Les abeilles butinent en chantant.

Il n'y a que ces deux tables de jardin mais c'est un début. Quelques marcheurs en avance sur la saison s'arrêtent déjà pour prendre un thé ou un café en milieu de matinée. C'est peu mais c'est toujours un début et c'est déjà bien. Un matin, je demande à Jocelyn Ambrossini de déraciner les deux bananiers.

Les abeilles chantent. Les abeilles butinent en chantant. Je fais des gâteaux au vin blanc en servant des cafés pour les marcheurs en avance. Je n'achète plus de bananes ni de mangues. Un jour, Camille m'achète même un précis très fiable sur la route ancestrale des éléphants d'Afrique, celle qu'ils entreprennent tous et toutes depuis la nuit des temps. Il est noté dedans que les éléphants aiment les bananes et les mangues, je le savais déjà. Je lis le précis de travers mais je le lis quand même. J'apprends qu'ils repasseraient car ils repassent toujours. Mais ceux d'Afrique. Pas les miens. Leur route est gravée dans leurs gènes car ils suivent les étoiles, ils sont guidés par la polaire depuis la nuit des temps. Mais ceux d'Afrique. Pas les miens. La polaire d'Afrique, celle du Pôle Sud, pas du Pôle Nord. La polaire du Pôle Sud. Ils suivent la même piste. Toujours. Mais ceux d'Afrique. Pas les miens.

Les abeilles chantent. Les abeilles butinent en chantant. Je fais des gâteaux au vin blanc en servant des cafés pour les marcheurs en avance.

Longtemps donc je me suis levée tôt, avec mes poings bien serrés, comme d'autres, des biens plus exceptionnels que moi, s'étaient eux aussi résignés à se coucher de bonne heure. Longtemps donc, après ce jour-là, longtemps donc, je me suis levée tôt.

Tout ceci finalement était simplement une histoire très animale.

Lucile et Spartacus

Il se gara un peu loin puis il coupa le moteur. Il empoigna le livre et descendit de la voiture rapidement. Le bip de la fermeture automatique retentit et brisa le silence un instant alors que lui était déjà très loin. Sans se retourner, il entama sa marche. La chaleur était accablante.

Il marcha d'abord tout droit, en plein soleil, sur cinq cents mètres avant de bifurquer à droite comme c'était prévu du départ, et en plein soleil toujours, comme c'était prévu aussi. Il avait le regard déterminé et tourmenté, il avait le regard du départ. Il était quinze heures trois, le silence, la route puis le chemin plein de coins. Il marchait, il continuait de marcher tout droit en avalant les mètres un à un. Il savait où il allait. Il avait le regard déterminé et tourmenté. Il avançait.

Quinze mètres avant l'impact, l'aigle vint se poser sur son épaule gauche. Il sourit. Dix puis vingt puis trente puis cinquante mille éléphants vinrent s'accrocher à ses pas au fur et à mesure qu'il approchait, il ne décéléra pourtant pas l'allure, il s'y était préparé.

Quand l'impact eut lieu, il était quinze heures dix et les milliers d'éléphants s'inclinèrent.

La silhouette blanche de Julia se recula de quelques pas très lentement. Elle fit plusieurs mètres puis quitta son casque colonial accroché au voile noir. Elle dégrafa sa combinaison blanche très lentement aussi et d'un geste précis la plia à ses pieds, le casque posé par-dessus. Il y eut aussi le petit bruit des abeilles qui diminua doucement. Il vint à sa rencontre à cet instant-là, à quinze heures dix exactement, au moment où le petit bruit des abeilles devint parfaitement sourd, au moment en fait, où Julia, suffisamment éloignée des ruches, arriva sous le chêne.

Julia, elle, se mit à trembler dès qu'elle l'aperçut derrière le muret. Nous aussi. Julia le vit saisir la barrière avec force pour la faire céder puis la refermer derrière lui d'un geste assuré et très calme. Elle crut d'abord à un mirage, mais en sentant les éléphants chahuter dans sa poitrine elle comprit. Mécaniquement, elle prit le temps de s'écarter de ses ruches puis d'ôter en silence sa tenue protectrice,

Pour se mettre à nue.

Nous arrivâmes bien plus tard. Le dernier éléphant nous donnait du tracas depuis mille kilomètres déjà, en becquetant chaque banane qu'il trouvait sur la route depuis Brest. Jean s'efforçait bien de maintenir la réserve au plus haut pour le faire avancer au plus vite à la manière d'un âne avec une carotte pendue. Ça marchait. Nous étions tous deux très efficaces. Des cornacs très doués sans aucune expérience. Très bien. De loin, on aurait pu dire aussi en les voyant ainsi se rapprocher progressivement et sans gestes excessifs que cet instant-là était bien inscrit dans leurs gènes respectifs depuis la nuit des temps. Aux éléphants. Nous notâmes tout ceci dans un carnet virtuel, cette saloperie d'éléphant rebelle nous avait mangé le dernier carnet lors du dernier bivouac, mettant au feu ainsi toutes nos notes tant utiles.

Ils sont maintenant tous les deux sous le chêne. Les jambes de Julia vacillent bien un peu. Lui, il ne lui dit rien, encre ses yeux dans ceux de la petite et lui tend un livre. Nous nous hâtons pour faire avancer le dernier éléphant. Nous sommes trop en retard, Jean, bien trop en retard... Elle attrape le livre tendu. Sur la couverture est dessinée une gravure d'éléphant et est noté aussi, à l'encre noire, bien centrée :

Lucile et Spartacus.

Le champ se tait. Les éléphants mâles et femelles sont tous genoux à terre. C'est un moment étrange, à mi-chemin entre la parade et l'affrontement. Un moment où les cœurs battent tellement vite qu'ils ne battent plus vraiment, chaque pulsation n'attend pas la fin de la précédente pour battre à nouveau, on ne les distingue plus les unes des autres ces pulsations, ce qui donne une fausse impression de double silence cardiaque excessif. Polaire et lunaire à la fois. Nous allons arriver. Hâte-toi Jean, hâte-toi s'il te plaît !

Michel Veillon demande alors à son aigle de l'aider. Et, l'aigle obéit. Michel Veillon demande ensuite aux éléphants de taper mille fois plus fort encore. Et, les éléphants obéissent. Ça va ma Julia ? Nous allons arriver.

Quand nous arrivâmes il était tard, le Soleil s'inclinait, la Lune et les étoiles se posaient sur eux deux seuls. Sur la table de nuit un nouvel ouvrage remplaçait *La Chamade*. Avec un éléphant. Sur la couverture. Un éléphant qui souriait.

Augustine

Lucile et Spartacus

Remerciements :
Aux Lecteurs d'abord
Aux Éléphants ensuite
MERCI
AS

278

Lucile et Spartacus

J'ai fait la magique étude
Du Bonheur, que nul n'élude
Arthur Rimbaud